平賀敬一郎

未知谷
Publisher Michitani

目次

主要登場人物

黒鳥　毒殺専門の暗殺者
未亜　中国茶葉店主
及川則之　黒鳥の先輩暗殺者
深澤吉生　医科学研究所長
木原結衣　同所長秘書
田中陽介　同エリート研究者
福原エリナ　犯罪集団の長
吐田龍二　同団員
小林朋樹　兵庫県警刑事
矢花蘭　リノベーション建築家
矢花悠太　矢花工務店跡取り
大浦剛　自動車整備士

黒鳥

1　毒殺アーティスト

午後十時、黒鳥《こくちょう》は暗闇のなかソファに腰かけ窓の外を眺めている。北野坂を見下ろすマンションの最上階からは神戸の夜景が一望できた。既に観光客は引きあげ、人気はほとんどない。ぶ厚く空を覆う雲の下には斜陽の都市の安っぽいビルが弱々しい光を放っている。もう四月の初めだというのにみぞれ混じりの雨が降っている。季節はずれの寒波の影響だ。温暖な気候の神戸では珍しい。坂の上の方に目をやると山は薄っすらと霧がかかり、その輪郭線を曖昧にしている。

ガラスの向こう側をまっすぐに落ちる白い物質を見ていると、さまざまな毒物が思い出された。雪の結晶の形はタリウムや青酸カリの構造式とそっくりだ。それらは大抵、ベンゼン環と呼ばれる六角形の図が連なり四方八方に必要なだけその範囲を伸ばし、奇妙な形を成す。窓越しにそれらの図形を重ね合わせると「実はこの雪やみぞれには、このような毒物が含まれているのですよ」と言われているような気がした。あらゆる物質は、その図式をもとに毒殺専門の殺し屋、黒鳥の頭の中で自在に結び付けられ、別の何かに姿を変える。

対象者である田中の住むマンションはなかなか瀟洒な趣きだ。だが、築五十年のこの建物にはセキュリティ設備が皆無だった。おまけに、正面とは反対側の細い道から簡単に敷地内に立ち入ることも可能だ。お蔭で、誰にも見られることなくここまで上がって来られた。雨の匂いを含んだ夜気とともに部屋に侵入し、調べたとおりの間取りであることを確認した。それから、細部を観察する。天然の大理石や木をとても現代的な感性で立体的に組み合わせている。巧妙にレイアウトされた照明が、キッチンに鎮座するドイツ製のミキサーを照らしている。野菜ジュースでも作るのだろう。

すべての電気を消してソファに身を横たえる。坐り心地は悪くない。会ったこともない他人の家でこうやって過ごすことには慣れていた。寛いでいることすらある。

明かりを点けてすぐに、田中は黒鳥の存在に気づいた。毒殺者は背が高く痩せていて真っ黒な服に身を包んでいる。その上に薄手の黒いコートをまとい、それはわずかに艶を帯びていた。幾重にも生地が折り重なる様が鳥の羽根を思わせる。動くと、ばさりと音が聞こえてきそうだ。髪も真っ黒で軽く波打っている。年齢は自分と同じくらいだろうか。大きな切れ長の目は、仕事から帰ったこの家の主のことをたいして興味もなさそうに見ている。まるで、主はあくまで自分であり、田中などは御用聞きのために訪問した工事業者か何かでしかないとでも言うような目で。

黒鳥は身動きひとつしない。そして、相手がこう言うのを待っている。〈誰ですか？〉もう少し気性の荒い者なら〈誰だ、お前は？〉などと言うのだろう。

「誰ですか？」思ったとおりだ。

もちろん答えない。最初から答えるつもりなどないのだろう。ただ、ほんの少し口の端を吊り上げただけだ。この仕事は言葉を交わすことを最小限に抑える必要がある。それに、そんな質問に答えるのはなんとなく滑稽に思えた。とにかくいまのところは順調だ。

「物分かりがよさそうで助かる」表情を欠いた低い声で話す。

独り言でもつぶやくように。ゆったりとした動きと話し方。対象者のことは、細部に至るまで調べ上げている。田中陽介、三十二歳、独身、医化学研究所勤務のエリート研究者。年相応のグレーのスーツを着たとても感じの良い男。少なくとも、依頼人から聞かされたとおりの人物ではあるのだろう。


「黒鳥さん」

木原結衣は背後から声をかけてきた。ささやくようなその声は鳥の囀《さえず》りのように耳触りが良い。黒鳥は美術館の展示室で三部作を前に腰かけている。医科学研究所の秘書を務めるという美しい女は、田中という若い研究者を殺害するよう依頼してきた。

この機関は、最先端の医薬品の開発にともない新しい細胞の利用についても研究している。その内部で重大な機密が持ち去られたという。

「なぜ俺のことを知っている」三部作から目を逸らすことなく聞く。

「創薬の世界にいたら、あなたのことを知る機会はあるわ」そして「暗殺ならあなたが一番」と女は耳元でささやいた。

「毒も薬も、結局は同じということか」

殺し屋は知っている。研究所が安価な疼痛剤であるフェンタニルを中国から大量に輸入していることを。この薬物はモルヒネの百倍の疼痛効果があるが、副作用も同じだけあった。それをさらに合成し、常習性の高い麻薬として流通させている。

「理由を聞かないのね」

「俺には関係のないことだ」

「それが、そうとも言えないのよ」

黒鳥は黙ったままだ。

「あなた、特定の人物にだけ効く毒物を作りだす技術があると聞いたらどうする？」少しの間をあけて、女は続ける。「殺害したい相手のＤＮＡさえ手に入れられれば、例えば大勢のいる中、無味無臭の毒薬を空気中に漂わせるだけでその対象者を消せるとしたら」

そのような手法が確立されたなら、暗殺はより容易になるだろう。

「俺がその技術を盗むとは考えないのか?」

「あなた、DNAに特殊なコーティングを施せる?」

「古い職人肌の殺し屋には関係のない話ってことか」

「ええ。でもそんなふうに自分のことを芸術家肌って言わないところ、好きよ」

気がつくと女はもういなかった。どれだけの間この絵を観ていただろうか。『キリスト磔刑図のための三つの習作』。フランシス・ベーコン作とある。三枚の絵には、血を薄めたような朱色を背景にそれぞれ奇妙な生き物が描かれている。長い首をもつ鳥の頭部らしき部分が醜く歪められた口蓋をこちらに向けている。人間の姿を想起させないこともないが、それはこのアイルランド生まれの画家によって徹底的に歪曲されている。この奇怪な生物は夢のなかにのみ――もちろん悪夢だが――生きて、人間の恐怖や暴力への欲求をむき出しのまま見せている。美術館で観た絵と同じ光景を、これから見ることになる。とはいえ、それは黒鳥が仕事の度に目にするものでもあるわけだが。

「その床材はなんだ?」

記憶を辿ることにも飽きたので、部屋に入った時から気になっていたことを殺す前に聞いておくことにする。

「え?」田中は、面食らったようだ。帰宅すると知らない男がお気に入りのソファを占領していたかと思うと、今度は床材について尋ねる。

「答えろ」

「……これは、オーストラリア桧です」

思った通りだ。

「木目は大柄で野趣に富んでいますが、それでいて、その模様の曲線はとても優美なところが気に入ったので、この木を選びました」

男はまるでこの会話をいつまでも続けることが状況を好転させることになるとでもいうように、自慢のフローリングについて詳しく説明しようとする。だが、黒鳥は職業柄様々な人物の家に侵入するのでインテリアに関する知識は豊富だ。もういいという風に顔を背ける。沈黙が流れた。意を決したように田中が言う。

「どんな方法で殺されるのですか？　僕は」

やはりエリートは話が早い。

「毒薬を注入する」目の前の男は小柄で毒がよくまわりそうだ。

「それは穏やかではないですね」

「ああ、そうだな」

どのような殺し方なら穏やかと言ってもらえるのだろう。

「依頼人から、方法を指示されるのですか？」

「俺は毒殺の専門だから自然とそうなる」

その後、毒を自分で飲んだことにされるとまでは言わない。警察は暗殺事件が起きると事情を察し、捜査のふりをするだけだ。

注射器はタリウムを主体とした溶液で満たされている。この鉱物を生成して作りだされた重金属は直接体内に打ち込むと、痙攣中枢を刺激して激烈な痙攣を起こさせたのち麻痺が起きる。それから泡沫を含んだよだれを垂れ流し、癲癇のような症状を呈する。間欠的にこれを繰り返してから、最後は嘔吐、痙攣を繰り返しながら死ぬ。ドクウツギなど植物由来の毒物と似た症状だが、苦痛の度合いはより強い。解毒剤は存在しない。この最も非人間的ともいえる殺害方法が様々な暗殺パターンを持つ黒鳥にとって、最も信頼できるスタンダードな手法だった。そして、ほとんどの者はいざ殺される段になると泣きだすので、そうなる前に仕事を終わらせる。

正面の壁掛け時計は十時を少しまわっていた。

「設計士の先生に……」唐突に田中が話を逸らす。「この部屋の設計をお願いした、リノベーション専門の建築家がいるんです」

「それがどうした」

「その方の名刺をお渡ししましょうか」

せっかくだ、もらっておこう。どんな悪人でも結局のところ、家に関しては誰かの世話にならなければならない。それなら気に入ったプロに任せるべきだろう。

田中は書斎に向かった。黒鳥もゆっくり立ち上り後に続く。ほんの少しでも不審な動きをすれば余興は終了だ。首に注射針を突き刺す。家の主は寝室の横の上品な白壁の前に立つ。軽く壁面を押すと金属音がし、反動で手前に開いた。マグネットラッチと呼ばれる金具を使っているのだろう。先ほど確認した時にはこのような仕掛けには気づかなかった。

四帖くらいの細長い空間は、小さいが親密で落ち着いた雰囲気に仕上げられている。研究所から持ち出したデータもおそらくここにあるのだろう。壁の一面を棚にしてそこに机が据えられている。棚には本の他に手品の道具がたくさん置かれている。

「秘密の趣味を見られてしまいましたね」

「お前の趣味に興味はない」

「小さい頃たまに父が手品の道具や本を買って帰ることがあり、覚えたてのトリックを見せてもらいました。最初は見ているだけだったんですが、そのうち僕もそれで遊ぶようになりました。コインを消したりトランプの数字を当てたり、そんな他愛もないやつです」

黒鳥は棚に置かれたものを確認しつつも対象者から目を離さない。こうして話している間にも、田中は身振り手振りで二本の腕をせわしなく動かしている。

「でも大人になってからは人前で披露することをやめてしまいました。飲み会なんかでやって見せても結局種明かしすることになるんですね、みんなにせがまれて。それがどうにもおもしろくなくて。僕はこんなにちっぽけな秘密すらも、自分の思いどおりに守ることができないのかと」

「秘密を隠しとおせる奴は少ない」

「でもまあ、今の状況なら、僕自身が瞬間移動したいところですが」

「やってみればいい」

「いえ、もちろんそれは虚構であって本当に逃げおおせるわけじゃない。そんなことは分かってはいますが……でも、あなたを欺くことはできるかもしれない」

「そろそろ時間だ」

これ以上の猶予を与えるつもりはない。田中の顔が少し蒼ざめた。

「この人です」いつの間にか、目の前に名刺が差しだされていた。「矢花蘭さんといって、女流建築家です」

黒鳥は名刺を確認し、内ポケットに仕舞う。部屋を出る時、すれ違いざまに田中は言った。

「すべて消えてなくなってしまえば良い。コインのように」

田中は部屋を出てリビングに戻ろうとしている。上着に忍ばせたケースから注射器を取りだす。あくまでゆったりとした動きだ。器具は特注品で、採血などで使われる一般医療用のものよりひとまわり大きく、針も太い。密閉性が高く変質しやすい成分を扱うのに適している。割れやすい角の部分はステンレスで補強され、刺したあとに対象者が暴れても確実に毒液を体内に送り届けることができるよう工夫されている。そして、使用者の安全にも十分に配慮されていた。液体はシャンパンと同じ黄金色をしている。何に使われるのかを聞かされなければ、人はこれを美しいと感じるだろう。気配を消し、湖面を泳ぐ水鳥のようにそっと背後から近づく。「少し痛むぞ」凄腕の建築家を教えてもらった礼に、最後に声をかけてやることにした。

振り向く暇もなく、虚を突かれた田中は首に微かな痛みを感じただろう。ほんのわずかな違和感と言って良いくらいの。鋭く加工された注射針の先端は、柔らかい首の皮膚をとらえ小さな穴をあける。針はするすると奥まで入り、数センチ埋まったところで頸動脈を探り当てる。筒を握りしめる手をしっかり固定し、押子と呼ばれる内筒の先端を押しこむ。ガラスの筒を満たしていた淡い黄色の液体は、暗殺者の親指の移動に合わせてその分だけ血管の中へ移動する。あまりになめらかな動きなのでとてもゆっくりに見えるが、毒液はすべてあっという間に体内に注入されてしまった。とても優しい思いやりに満ちた行為にすら見える。

だが次の瞬間、男は全身に金属を流し込まれたかのような冷たい絶望的な感覚に支配される。既に田中は自分が助かることはないと本能的に理解していた。次いで、酒に酔ったようにふらつき前後不覚になった。ひざまずき、吐き気、痛みを伴う刺激が被害者を襲う。

注射器をケースに戻しポケットに仕舞う。それからもう一度、さっきよりも深くソファに腰かけた。これからこの男の最期を見届けねばならない。

目の前には先ほどまでの健康な男はいない。さっそくタリウムは特有の症状を見せ始めていた。その様子をじっと観察する。

体を丸めて横になり――劇薬で苦しむ者はこの体勢をとることが多い――がたがたと震えている。ひどい悪寒に襲われているのだろう。時折痙攣《けいれん》し、その度に息苦しさが増しているようだ。喉が渇いて仕方がないように見える。だが、何もしてやることはない。死ぬしかない人物に水を与えるというのもおかしな話だ。毛布をかけてやったり手を握ってやったりすることも同じだ。理屈が合わない。しばらく田中が苦しむ様子を見ていた。痙攣はより大きく絶え間ないものとなる。嘔吐を繰り返し、お気に入りの床は汚れてしまった。醜く歪んだ大きな口からは、いまにももう一人の田中が這い出てきそうだ。

――ああ、やはりあの絵だ。

タリウムに加えて混ぜていた溶血毒が効いてきた。田中の全身の皮膚が鱗のようにひび割れ、その裂け目に血が滲む。皮膚の割れは顔面にも及び、鱗は大きくなって根元を起点にちりちりと音を立ててめくれ上がった。花が咲いたようにも見える。花びらに埋もれた格好の口元からは不快な呻き声が漏れる。のたうち回るうちに髪の毛はほとんど抜け落ちてしまった。もう間もなく死ぬ。

苦しそうに喉を押さえる手とどこかあらぬ方向に差しだしていたもう片方の手が、ぱたりと止まった。足下に転がる男の目は瞳孔が縮んでいる。任務遂行だ。ようやく訪れた静寂が、部屋を包み込む。ゆっくりと立ち上がり死体には目もくれずにその横を通り過ぎ、部屋を出た。残されたのは頭部が薔薇のように咲き誇った死体。これが、その仕事の正確さと併せて、黒鳥が芸術家と呼ばれる所以であった。

＊

屋外階段を下り裏側の通用口の門扉から細い道路に出た。霙《みぞれ》は、雨に変わっていた。切れ目なくめりはりもない単調な雨と、冷ややかに湿った空気。路面は水分と埃が混じり合ってぬめりを帯びている。一台のミニバンが目に留まる。派遣型風俗の待機車だ。運転手はスマホの小さな画面に見入っていて黒鳥には気づかない。

神戸の中心地である三宮駅の北側に位置する北野界隈は、かつて電灯ひとつ灯っていない場所だったが、バブル期を迎えると商業地として開発が進んだ。それにより多くのラブホテルができて治安と風紀が悪化した。当然の成り行きとして、現在の街の中心は駅の南側に移行している。取り残され寂れたこのエリアでは胡散臭い中年男と訳ありな若い女の連れ合いをよく見かけた。

ミニバンと反対側に停めてある黒い車に乗りこむ。R３２型と呼ばれる一九八九年製スカイラインGT-R・BNR３２型。シートに身を沈めステアリングに手を添えた。常に清潔さを保たれた車内には微かに革の匂いがする。キーを差し込みエンジンをかける。２・８ℓに引き上げられた直列６気筒ツインターボRB２６DETTエンジンが低くうなりヘッドライトが前方を照らす。雨に濡れたフロントガラスの向こうにスーツ姿の人影が浮かびあがった。こちらに向かってくる。今しがた殺してきた男に似ていたが、もちろん違う。母胎にまどろんでいるかのごときアイドリング音と振動が心地良い。

――ストレートシックスに勝るエンジンはないな。

愛車に乗るたびに黒鳥はそう思うのだった。シフトレバーを握りギアを一速にいれる。アクセルを踏み込み回転数を上げてから、クラッチをあたりの出るところまで丁寧につなぐ。夜が動きだした。

ほぼ直線のみでデザインされた低い車体が這うように進む。北野坂を南に下っている。四輪駆動のシステムはタイヤをとおして路面からのわずかな入力も漏らさずステアリングを握る手に伝える。硬めに調整されたサスペンションはあらゆる荷重の変化に追従し車体の安定を保つ。いざとなればこの車がとても速く俊敏な動きができるということは、腕に覚えのある者ならすぐに分かるだろう。

信号が赤になりブレーキを踏み込む。雨は降り続いている。様々な方向からヘッドライトの白い光にさらされ、きらきらと輝きながらアスファルトに叩きつけられた。数人の若者が信号を渡る。どこか動きが散漫だ。彼らは知らない。フェンタニルを供給する者が自らそれを使用することは決してないということを。そして、この世のどんな薬ももう彼らを治すことはできないということを。再び車は動きだし、ネオンは車体のうしろへ流れ、消え去った。

＊

雨雲の合間を縫って月と呼ばれる銀色の皿から冷たい光が滴り落ちている。闇夜の底から這い出てきた者たちが動き始めた。影絵のように浮かびあがった男たちはするすると音もたてずに田中の部屋に入った。既に死後硬直の始まった死体を確認してから一斉に家探しを始める。家の主が死んでいることは想定内のようだ。

黒いスーツに身を包んだ吐田《はきた》龍二はひと際大柄で体格が良い。成人してから二十年以上毎朝鏡の前で時間をかけて入念に櫛を入れる髪は後ろに撫でつけられ、その一本一本にまで神経がいき届いているようだ。鏡の中の自分、殺す相手、あらゆる物事を詳細に観察し隅々まで把握する。すべての部屋をひととおり確認する。動きは整然とし落ち着いているが、その目つきにはどことなく狂信的な光が宿っている。よく訓練された黒服の部下たちが手分けして家中をどんな小さな隙間も見逃さずに、目的のものを探している。一人は書斎のＰＣの解析を進めていた。

飛び散った吐瀉《としゃ》物で靴が汚れないように注意しながら殺し屋は死体の横に立つ。顔が花のように咲いた男を眺める。近所の工事現場でようやく完成した建物の出来栄えを見定めるような目で。

――芸術家というのは、よく分からんな。

部屋のまん中に触れてはいけない美術品のように横たわる死体を見て、吐田はそう思った。たしかに触れてはならないものがある。闇の世界を生き抜くには何にでも不用意に手を出すべきではない。あらゆる殺人術を会得していても、俺はこのように手の込んだことはしない。常に自らの犠牲となる者を求める捕食者としての本能にだけ従ってきた。

今しがた、まだ表に出ていない医化学研究所に関する情報がボスのエリナのもとに届けられた。どうやら若い研究者がとても重要な技術に関する機密を持ち出したようだと。それはつまり男が我々のような犯罪組織にとって、とても魅力的な何かを持っているあるいは持っていたということだ。だから我々ではない他の暗殺者を雇い、ひと足先に裏切り者を消した。今、田中が自分の足下で死んでいるという事実がそれを物語っている。先に到着すれば良かったが、相手は動きを悟られないように夜の闇にうまく紛れて動いた。

持ち出した機密の内容については研究所の動向を注視していたので容易に想像がついた。それは組織をより強く支配力のある集団にしてくれるものだ。もちろん研究所はそのような技術を我々には流さない。情報を共有するには俺たちのボスは危険すぎた。おそらく何らかの電子データとして保存されているだろう。ボスはこのようなチャンスを絶対に逃がさない。すぐに決断した。

「データを奪え」

与えられた任務は、とても単純だ。だが、なによりもスピードが求められる。このような話はひとつ間違うととても複雑な事態を招き、余計な争いを生みだす。

「すべての部屋を探しましたが、何も見つかりませんでした」

最後まで部下の報告を聞くことなく、吐田は部屋を出る。おもしろいじゃないか。黒鳥が持ち去ったなら奪いに行くだけだ。あいつは、〝ただ居合わせただけ〟とでも言うだろうか。だがそれで十分この件に関わったことになる。つまり俺は狩りに出かけなければならない。殺し屋の血が騒いだ。


黒塗りのレクサスＬＳが三台連なり音もなく北野坂を南下する。全長５ｍを超えるセダンは互いの距離を一定に保つ。吐田は先頭の車両で運転席に坐っている。黒鳥が埠頭の空き倉庫を根城にしていることは知っていた。高名なる毒殺アーティストは仕事を終えたらまっすぐに家に帰るのだろうか。阪急電鉄の高架線を超えフラワーロードを抜けてから４３号線を東に曲がると一気にアクセルを踏み込む。ハイブリッドシステムによる非現実的なまでの静けさのなか、すさまじい勢いで加速する。滑らかに猛スピードで走る大型セダンの群れはシャチが隊列を組んで獲物を追うように車列を乱さない。頭上には幾筋もの高速道路がうねる。ヘッドライトに照射された白線が強いコントラストで黒いアスファルトに浮かび、暴れのたうつ蛇のように迫ってきた。

＊

寂れた港湾地区の一角に廃倉庫があった。簡素な切妻屋根の奥行きの長い建物。トタンの外壁には周囲の工場から吐き出された煙の煤が染み付いている。神戸湾はどす黒い工業廃水でまだらに染まり、停泊する小さな船にも倉庫と同じ切妻型の帆が張られていた。一階に車を停め鉄骨の階段を上がる。廊下を介して扉の向こうに抜けると、がらんどうの部屋が待っていた。半年前にこの建物を借りた黒鳥はこの空間にほとんど何も手を加えていない。現代的な生活に最低限必要な水廻り設備と造作、それに簡易なパニックルームを設置しただけだった。埠頭は埠頭のまま残す。住人はそのように考えた。そうすれば、自分が去った後この建物がどのような用途に使われるにせよ港の風景はそのまま受け継がれていくというわけだ。永遠の停泊といった港町特有の感覚を伴いながら。

コンクリートの床に色褪せた濃灰色のソファが置かれている。乾燥してひび割れた革の感触を確かめながら身をあずけた。サイドテーブルに手を伸ばしアイラモルトをグラスにそそぐ。琥珀色の液体が太く短い円柱を象《かたど》る。平らな底面から静かに形を整えていき、やがて波打つ水面も落ち着きを見せた。ゆっくりと喉の奥に流しこむ。くすぶった炭のような苦みのあとに燻製魚のような強い香りが口中を満たす。煤けた薄い窓ガラスをとおして雨音が聞こえる。目の前の棚には小さな鉄製の缶に入れられた中国の茶葉が並ぶ。酒が意識の深いところへと導く。

さきほど殺してきたばかりの自分と同年代の研究者の苦しむ顔が脳裏をよぎる。彼らが死ぬ間際に見せる絶望の表情は最後にはいつもあるひとつの光景に集約されてゆくのだが――

十六歳のある夜に当直室で見た光景を思い出した。身動きできないよう両腕を押さえつけられた少女に男が覆いかぶさっている。部屋の片隅に置かれた安物のベッドの脇には赤い服が打ち捨てられていた。蠟《ろう》のように白く透きとおった肌が露わになり、金色がかった長い髪がシーツの上に乱れひろがっている。開いた扉に気づいたエリナは青味を帯びた目でこちらを見ている。怯えて助けを求める目だった。以来それは常に意識の底に横たわり、黒鳥を待ち受けていた。任務を終えて一人になった時、必ず青い目がこちらを見ていた。

十代の前半に――まだほんの子供といっていい年頃だ――ふたりはカトリック教会が運営する児童養護施設で出会った。神戸で最も山側を走る阪急沿線の駅からまださらに北へ、急な坂道をバスで二十分も揺られる。ようやく着いたバス停からさらに歩いて辿り着く住宅地に建物はあった。教会の横に建つ鉄筋コンクリート造の四角い三階建ての建物。よそよそしい白い外壁は塗りなおしの時期をとうに過ぎている。薄汚れてあちこちにひびがはいり、錆びた鉄筋が露出していた。敷地は広く道路に面して校庭のような砂敷きの運動場がある。

「意外とこっちの方が食べやすいのよ」

入所後まだ間もない頃、食堂で夕食をとっていると向かいの席の青い目をした少女が声をかけてきた。とても美しく髪は金色で肩まで伸びている。周りの子供たちは皆箸《はし》を使っているのに、福原エリナは炒めた肉や野菜をフォークで口に運んでいたのだ。よほど黒鳥が怪訝《けげん》な表情をして見ていたのだろう。それに、食べやすいと言いながらお世辞にも上手な食べ方とは言えなかった。

「お母さんがロシア人だから、ここに来る前はお箸なんか使ったことなかったの。だから、今でもこの食べ方よ」

お父さんはどうしたの？　口にした途端に後悔した。どんな問題を起こしたのかあるいはどのような問題を抱えているのか、そういったことについては詮索しないのが、このような境遇において暗黙の了解だったからだ。だが既に施設での生活を数年経験しているエリナに気にする様子はない。

「お父さんは日本人で私が物心もつかないうちに出ていったわ。よそで女をつくったの。お母さんはお店でダンサーをしてたんだけど、朝仕事を終えてアパートに戻ったら、私ひとりが部屋に残されてたって」

自分も同じようなものだったが、今度は何も言わずにいた。

「それで、結局お母さんも店の客とできちゃったんだけど、そのおっさんが気持ち悪くてね。しょっちゅう部屋に来るようになって、小学校を卒業する頃には今度は私のことを変な目で見るようになったの。どういうことか分かるでしょ？」

冷たく、硬い光を湛える青い瞳で、正面から黒鳥を見すえる。

「それで、もう家にいることができなくなって、結局ここに来ることになったの」

場末の店でダンサーをしていた母親と最後に会ったのも話したのも、ずいぶん前だという。家庭での虐待など問題を抱えた未成年を受け入れる寮のような施設にあって、異国の血が流れる少女は異質で近寄りがたい存在でもあった。だが黒鳥は、西洋人の顔形をまといつつもなにか懐深いものを感じさせる少女に惹かれていった。その美しい顔の奥に宿す暗がりに。


数年を過ごしふたりは十六歳になった。エリナは赤い服をよく着るようになった。赤は男を誘う。薄い生地で体の線がはっきりと分かり胸のふくらみも強調されている。短いスカートからは長い脚が伸びていた。白磁器のように真っ白な肌に黒鳥は息をのんだ。その頃には金色の髪は背中にまでとどいていた。そして、黒鳥を見る淡青色の目は狂おしいほどに熱《あつ》い熱《ねつ》を帯びている。雑多な色彩が狭い場所にひしめき全体としては灰色の調子をかたちづくっていた施設の中で、エリナは一輪の真っ赤な薔薇のように美しく咲き誇っていた。

ある日を境に、エリナは黒鳥と顔を合わせるのを避けるようになった。遠くから見るその表情は暗く落ち沈んでいる。そして、施設で黒鳥たちを担当していた梅宮という男の職員がこんな言葉を歌うように口ずさむのを聞くようになった。

「スラブは……」

小さな声で最初はよく分からなかった。だが何度か聞くうちにある時はっきりと聞きとれた。

「スラブは、スレイブ」

それが何を意味するのかはすぐに分かった。スラブ民族で構成されるロシアでは、スラブは〝弱い〟という意味であり、英語の〝スレイブ（奴隷）〟の語源でもある。エリナのことを蔑《さげす》んでいるのはあきらかだった。黒鳥とすれ違う時などにいやらしい笑みを浮かべて囁《ささや》く。なぜこのような言葉を口にするのか。梅宮は四十前後の何を考えているのか分からない男だった。普段はあまり話さず、感情も表にださない。ただ時折、指導と称して見せる行動は粗野で暴力的だった。子供たちは恐れたが、男はこのような施設にいる子供を指導するにはこのやり方で十分であり、一番良い従わせ方であると考えているようだった。世間から隔絶された陽のあたらない場所にさらに影を落とす者がいたのだ。何度かそのようなことがあり、黒鳥は梅宮の部屋を訪ねることにした。なぜそのような行動をとったかは分からない。あの言葉について真意を質《ただ》すためか、あるいは言葉にはならない、何か不穏な事態を察していたからか、とにかく行く必要があると感じた。男の恐ろしさは黒鳥自身何度も思い知らされてはいたのだが。

満月の夜だった。皆が寝静まってから職員のための当直室に向かう。施設は子供たちを見守るため、職員が交代制で夜勤を担当する。その日が梅宮の担当であることは知っていた。当直室は建物の一番奥まったところにある。安物のビニルタイルが敷かれた硬い廊下を進む。蛍光灯が切れかかって不規則な明滅を繰り返していた。シーツの擦れるような音が聞こえ、男が何か言葉を発している。

「スラ……は、スレ……」

近づくにつれ声は大きくなり、狭い廊下の壁や天井そのものが話しかけてくるような錯覚を覚える。扉の前に来た。目の前の薄い板材から部屋の中の様子が漏れ聞こえる。抵抗する女がいるのは苦しそうな呻き声で分かる。それを嘲笑いなぶるような男の声。

「スラブは、スレイブ」

扉を開けた——

そして、俺はあの光景を見た。

二度と施設に戻ることはなかった。エリナにも会っていない。あの時俺は何から逃げたのだろうか。梅宮が怖かったのか。そうだ。だがそれだけではない。その瞬間何かを失った気がした。そう喪失感。とても大きな喪失を感じた。それまでに感じたことのない感情。そして傷ついた。

美しく咲き誇る薔薇をあと少しで摘み取ることができた。今は、無残に床に叩きつけられた花筒にたかる蠅のうるさい羽音だけが聞こえる。だがあの時、俺はほんとうにエリナを失ったのだろうか。なぜ落ちた薔薇を拾いあげなかったのか。部屋に入ってあの男を止めようとさえしていれば……。そもそも本当に俺は傷ついたのだろうか。たしかに傷ついたと言える。だが十分ではない。痛みを感じる時にそれを押し殺してしまった。引き受けるべき感情をどこかに逃がしてしまったのだ。俺はその報いを受けている。縋《すが》るような青い目が暗闇に浮かんでいる。中身のない虚ろな心はそれに耐えられるほど強くはない。

施設を出てからはある男を頼りに神戸の地下世界に身を置き、違法な仕事をこなしてきた。最初は複数で行う犯罪に手を染めたが、その後計画から実行まで自分ひとりで完結するスタイルを模索するようになる。様々な薬物や自然界に存在する成分を配合し、目的に応じた毒の強さや効果が出るまでの時間を研究した。引き受ける仕事は人体破壊の実験場となり、やがてその精度は高まり殺害のパターンも増えた。銃やナイフを使うことはない。血が飛び散ったりするのは好まなかったし、それらのやり方はあまりに直接的で誰にでもできるように思えた。

薬殺専門の殺し屋として信用が高まると次々と仕事が舞い込む。殺害の対象は政治家、実業家、役人、主婦といった具合にばらばらだが、名が売れるに従い殺す相手の身分も上がり聞き分けがよくなっていった。これら従順なる被害者の共通点は世間体をとても気にするということだ。皆、最後までそのことを気にしながら死んでいった。殺す側からすれば、相手に上等も下等もないというのに。その後に及んでは調べあげた経歴、盗聴器やカメラによる様々なデー夕も意味を成さない。そこにはただ生身の人間の最後の抗いがあるだけだった。

毒薬を研究し、人を殺して多額の金が入る。そうやって生きてきた。過去から逃げ、暗殺者の暗い心の叫びを押し殺し、孤独と折り重なるようにして――

断熱処理を施していない建物は四月でも寒い。黒鳥はコートに手を突っ込む。指先が小さく硬いものに当たる。取り出してみた。ＵＳＢメモリーだ。

――田中の奴、小賢《こざか》しいことを。

聞き分けよく死を悟った研究者が身振り手振りで手品の説明をしている姿を思い出す。あいつは最後に、すれ違いざまにこう言った。

「すべて消えてなくなってしまえば良い。コインのように」

これを秘密裏に処分しろということだろうか。中身は持ち出された機密に関するものであることは間違いない。だがなぜ俺に託したのか。結衣によればこれまでとはまったく違う手法を用いて暗殺を可能にする技術だが、扱える者は限られる。タリウムなどよりも暗殺の精度を高めることができるが、よほど大がかりな組織でなければ宝の持ち腐れとなり活用することはできない。田中はそのことも見抜いていたわけだ。そして死ぬ間際にまんまと俺を欺《あざむ》きやがった。手品の説明をしていた時か、すれ違う時か、どのタイミングで忍びこませたのか黒鳥には分からない。少なくともあの男には二度機会《チャンス》があった。手品は成功だ。だがもしあいつがここにいたら、俺はこう言うだろう。

「こんなデータ、どうにでもなればいい」

電子記憶装置をサイドテーブルの上に放り投げる。俺には関係ない。

既に日付は変わっていた。雨は降り続いているが世界は眠りについている。血なまぐさい欲望を抱く者も、強い眠気に襲われた。ようやく幻影から解放される。

＊

ほんの小さな物音だが、明確に自らの身に危険が迫っていることを知らせていた。金属の触れ合う音が浅い眠りを覚ます。侵入を試みる者は最小限の動きで鍵を破壊した。ノートPCを開くと既に数人の男が階段を上がる姿がカメラに捕捉されている。いまさらセキュリティを気にするつもりはないらしい。一番大柄な男が最後尾から冷たい目をレンズに向ける。なんとか一階のガレージまで辿りつきたいが諦めるほかなさそうだ。一旦廊下に出てパニックルームに逃げ込むことにする。凝った造りのものではないが、強固ですぐには破壊されない。少しだが毒薬も保管している。コートからスペアの注射器を取りだし扉を開ける。頬に強い衝撃を感じた。目の前が真っ暗になり背後の棚ごと倒れた。無防備な黒鳥の顔面めがけて次の一撃を食らわせようと、黒服の男が腕を振りかぶった。その顔に絶望の色を浮かべているのは相手の男だった。左足の太ももに注射針が突き刺さっている。黒鳥はゆっくりと体勢を整えなおして赤い色をした透明の液体を注入する。

ポツリヌストキシンはある種のたんぱく質から成る。この神経毒は効き目が現れるのがとても早い。その成分にトウアヅキの赤い実から採れる同じくたんぱく質を抽出してから配合している。男の視力は既に失われたのだろう。光をなくした瞳の方向は定まらず、前後不覚に陥りふらふらと揺れ動いている。すぐに体内出血と臓器不全が起こり、体中の穴から血を流して死ぬ。タリウムよりは人間的な苦しみを伴う死に方ではないだろうか。トリカブトや水仙なども同じようなものとして考えられる。

——なかなか良い選択《チョイス》だったな。

暗殺を実行する時、黒鳥は必ず二種類の毒薬を用意しておく。不測の事態が発生した時には二番目の注射器を使い対応する。一本の使用で済んだ田中の場合、聞き分けの良さに助けられた。倒れた敵を捨て置き廊下を奥へ進む。突き当たりを曲がると突如ステンレスでできた大きな箱が現れる。吐田らが黒鳥を見つけて迫るが、ぎりぎりのところで重い扉を開け中に入った。すぐさま扉を閉めると、外界の音は完全に遮断された。これで少し時間を稼げる。

パニックルームは外部と連絡をとるための独立した通信装置、建物全体を監視する複数のモニター、毒ガスを吸着するフィルターを内蔵した通気口などを完備している。一度このぶ厚い金属製の扉を閉めたら外部から開けるのは事実上不可能だ。モニターには全部で五人の男が映っている。薬品保管庫から温度管理の必要のない成分のみで構成された毒薬を取り出し注射器に充塡する。

――芸術家がひとりで過ごす時間をなによりも大切にするというのは本当のようだな。

何もない空間に唐突に現れた金属の箱を前にして、これ以上手は出せないと吐田は悟った。たしかに、これほどかたくなに〝自分の殻に閉じ籠った〟気むずかしい相手ではどうしようもないだろう。

「データを探せ」

「クソが」

部下の一人が去り際に厚さ八センチの扉に銃弾を撃ち込んだが、箱はびくともしない。吐田が太い腕でそれ以上大きな音を立てないよう制する。

「次に会う時は、ロケットランチャーが必要だな」

ＵＳＢメモリーはすぐに見つかった。寝込みを襲われてデータを隠す余裕がなかったのか、あるいはこの機密にまったく興味がなかったのか、現時点では分からない。そもそもなぜ黒鳥がこれを持っていたのか。いろいろ聞き出したいところだがこれ以上長居すべきではない。遠くからパトカーのサイレンが聞こえる。銃の音を聞いた誰かが不審に思って通報したのだろう。音はだんだんと大きくなる。数台でこちらに向かっているようだ。部下に撤収を命じる。ひとまず目的は達成されたのだ。

＊

外の音がまったく聞こえない箱の中で、じっとモニターを監視する。ＵＳＢメモリーを探し出した男たちは素早く部屋から出て音も立てずに階段を下りた。一階ガレージを横切って建物を出ると車に乗りこみライトも点けずに走り去った。やはり目的はあのＵＳＢだったか。だが俺としては何も失ってはいない。田中には悪いがこれ以上この件に関わる気はない。ひとまず危機を脱したと確信した黒鳥は重々しい扉を開けた。

サイレンの音が鳴り響いている。警察だ。赤色灯の点滅で建物の中まで赤く染まっている。ノートＰＣだけを掴んで階段を駆け下り、ＧＴ‐Ｒに飛び乗った。取るものも取り敢えずというやつだ。パトカーが二台シャッターの前に停まる。エンジンをかけギアを入れてからアクセルを踏み込む。回転数を５０００ｒｐｍに保ってから呼吸を整えた。それぞれの車両に二名ずつ乗車していた警官は車外に出ていたが、倉庫の中から聞こえる爆音にたじろいでいる。じわりとクラッチをつなぐ。

「離れろ！」一人の警官が叫び一斉にパトカーの後ろに身を隠したその瞬間、シャッターを突き破ったＧＴ‐Ｒが凄まじい勢いで飛び出してきた。

瞬時にパトカーの位置を見極めステアリングをさばくが、アクセルを緩めることはない。タイヤはグリップを失い路面との摩擦で白煙が上がる。甲高いスキール音とともに車体は横滑りしリアが警察車両にぶつかるぎりぎりのところをドリフトしながらすり抜ける。曲がりきったところでブレーキを踏み荷重バランスを一度安定させてから再び加速し、警官を置き去りにした。銃を構える者もいたが、煙が舞い視界の悪い中を猛スピードで走り去る黒い車に命中させるのは現実的ではない。特徴的な四つの丸いテールライトが爆音とともに遠ざかった。

＊

今夜の田中家は来客が絶えない。もし本人が生きていたなら自慢のインテリアでもてなすこともできたかもしれない。だがこの女だけはそういう訳にもいかなかっただろうか。瑠璃色の高いヒールを履いた結衣がコツコツと床を踏み鳴らしている。かつての同僚が死んでいることを確認し——噂通り異様な死体だ——、それから既に部屋の中が何者かに荒らされているのを認めた。データを回収しに来たが既に奪われたようだ。

——黒鳥の仕業ではない。

結衣はそう考える。なぜならあの男はこのようなことはしないから、としか言いようがない。引き受けた仕事以外のことに手を出すような愚か者はこの世界で長生きできない。そもそも我々でさえ田中がどのようなかたちでデータを管理していたのか知らないというのに黒鳥が知る由もない。脅して聞き出すことも考えにくい。興味がなくしかも自分にとって何も利することのない技術のことなど。他の何者かが侵入しデータを持ち去った。そう考えるのが自然だ。

だがなぜその者たちはこれほどまでに部屋を荒らさなくてはならなかったのか。目的の物を見つけることができなかったのではないか。思ったより状況は錯綜しているようだ。田中を暗殺しあとはこちらで秘密裏に処理しようと考えていたが少々甘かった。いずれにしても、相手が誰であれデータが外部に漏れることだけは阻止しなければならない。医化学の世界で、そして非合法な世界における活動において、今後長きにわたって研究所の優位性を保証してくれるものなのだから。

結衣は鳥のように鋭く尖った指先をバッグに差し入れスマートフォンを取り出した。

深澤吉生は所長室の大きな革張りの椅子に深く腰掛けていた。雨に濡れた壁一面のガラス窓から望むポートアイランドの夜景を見るともなしに見ながら。蒼白く能面のような顔から表情を読み取ることはできない。ポリカーボネートでコーティングされた防弾仕様のガラスは乱反射し夜の人工島を歪める。海沿いの荷下ろし場に巨大なキリンのようなガントリークレーンが数体立っている。先端の赤い航空障害灯は歪《ひず》んだりぼやけたりしながら点滅している。毎日この歪んだ景色を見ているうちに、乱視がひどくなっているのか、世界がますます歪んでいるのか、男には分からなくなっていた。大柄な体を少しだけ起こし目を凝らしてみるが同じことだった。デスクの上のスマートフォンが震えている。

「私だ」いつものように平坦な抑揚のない声で話す。

「黒鳥の任務は成功しましたが、データはありません」

結衣はいつも端的に内容を伝えてくれる。落ち着いていて美しい声はビロードのように滑《なめ》らかで耳触りが良い。すべてがうまくいっていると錯覚してしまいそうだ。だが部下は問題が発生したと告げている。

「どういうことかな?」

「先客があったようです」

「それはいいね。欲しがる人間はたくさんいるだろうから」

仮面のような顔は笑っているようにも見える。目や唇のほんの少しの動きで影の射し方が変わり感情が現れたり隠れたりする。

真に有用であれば売ろうとしなくても物は売れる。フェンタニルのように。だが、この新しい技術のすばらしさはそれだけではない。個人のDNA情報に基づきターゲットのみを確実に殺害――その逆の場合もあるにはあるのだが――できる技術。その構造は単純な六角形の連なりなどではなく、まったく異なる表象をまとって図式化されている。螺旋を描く二本の曲線は互いに絡まり合いながら延々と高みを目指す。それは化学と犯罪の幸福で甘美な結婚とでも言うべきものであろう。

いずれにしても、深澤にはこの状況の着地点が見えている。こんな事はこれまでに幾度もあった。その度に手を打ち事態を収束させてきた。組織は世間が思っているよりはるかに大きい。単なる研究施設などではないのだ。『医療都市、神戸』を掲げる街の象徴として神戸湾の沖の人工島に招致された医化学研究所はレンガ調のタイルとガラスでデザインされたモダンな建物だが、明るくて風通しが良いのは一階のロビーだけだ。

「誰が関わっているかは、見当がついています」

刑を執行する者の厳格さがその声に新たに加わっていた。

「任せたよ」「承知しました」電話は切れた。

女の声を失った深澤はまた窓の外を見やる。この世界で歪んでいない場所などない。訪れた静寂が能面に不気味な影を落とす。

＊

深夜のバーは数人の客がカウンターに腰掛けているだけだった。小林朋樹はぬるくなったビールをちびちびと飲んでいる。ジャズが流れ店主は自分から客に話しかけることはしない。一日の終わりを落ち着いて静かに迎えたい者にとってこれ以上は望めない場所だ。官庁街と地下鉄線の山手県庁前駅を結ぶ道から一本入った細い路地に面して店はある。店名を書いた銘板が木の扉に控えめにかけられているだけの目立たない小さな店。小林のように独り身の公務員にとってとても便利でありがたい存在だ。ジャズなんて洒落たものはふだん聴かないが、特に今夜のように——あと数時間もすれば夜は明けるのだが——異常な現場を見た後ではなおさらのことだった。

小林は兵庫県警察本部に勤務する私服警官、つまり刑事だ。背は高く中学から大学まで続けた柔道のお蔭で鍛えられており筋肉質で良い体格をしている。同じく刑事部に勤めていた父親に似て頭脳明晰とは言い難いが、二十代後半でまだ若く体力と根性とそれなりの人の良さがある。地方都市で起こる軽犯罪の検挙にとても重宝される人材と言って良い。顔立ちも少し堅苦しい印象があるが正しく整っている。正しく働き、正しく生活し、正しく遊ぶ。単純な良い男だった。そんな、どこにでもいる平凡な刑事は今しがた見てきた凄惨な光景のせいで興奮状態にあり、酒の力を借りなければ寝つけそうになかった。先刻の光景を頭の中で反芻する。

「殺人現場から車で逃げた者がいる」

夜中の一時頃、いつもどおり部屋で眠っていたが携帯が鳴った。それでその日が待機番であった小林も巻き込まれることになったわけだが、現場は理解の及ばないことだらけだ。のこのこ出かけていったのはいいが、自分にとって荷が重い事件であることは明白だった。まず死体の異様さに目を奪われた。二階の廊下で全身の穴という穴から血を吹きだして男が死んでいた。そこから少し進むと金属の箱が現れ、これはどうやらシェルターとして使用されたようだ。中に入るとスパイ映画でしか見たことのないような装置が満載され、薬品庫まである。容器に入った成分については現在鑑識にまわしているが、最初に見た死体の様子から毒物で間違いないだろう。わずかだが異臭がしたのですぐに規制線を張ったが、幸い誰も体調に異変をきたすことはなかった。初動で対応した警官はハイライトにした車に目をくらまされ、運転していた者については背の高いおそらく男であったと思うと言うだけで、それ以外の特徴を述べることはできなかった。ただ車については有益な情報が得られた。

「あのリアは、R32です。まちがいありません」

自分より少し年下の若い警官はそう明言した。最近では珍しいカーマニアであったことが幸いした。

複数の人物が残したと思われる足跡を辿り、殺風景な部屋を注意深く見てまわった。古びたソファとアイラモルト。それから派手に倒れた棚。正直に言うとこのような現場を見るのは初めてだ。ごくまれに殺人事件を扱うこともあるが、それらは大抵適当に隠蔽工作が施されている。注意深く捜査して紐解いてみると意外なほどに単純で、その上お粗末な動機による稚拙な犯行であることが多かった。そして、一旦種が明かされるとそれ以上そのことに関心を持つことはなかった。だが今回は違う。すべてはむき出しのまま現場に放りだされている。それなのに自分の想像の及ぶことが何ひとつない。毒物を大量に保管し、さらにおそらく襲撃してきた集団の一人を殺害し、警察に囲まれても逃げ切れるほどの人物。その者を襲撃したと思われる集団についても単なる強盗などではないだろう。いずれにしても、何か手がかりを見つけ出さなければならない。つい先ほどまでこの建物に住んでいたらしい男について。

盛大に倒れた棚はまわりに黒い缶や什器をたくさん撒き散らしている。ひとつ拾い上げてみる。高級感が漂う側面のラベルに『明前碧螺春』とある。ミンゼンヘキラシュンとでも読むのだろうか。下には小さく江蘇省とも書いてある。中国の茶なのだろう。この建物を占有していた人物は高級中国茶を嗜《たしな》んでいた。なんとなくこの緊張した状況にそぐわない気がした。無性に腹が立ってくる。足下に転がっていたたくさんの缶のひとつを思い切り蹴り飛ばす。当たり所が良かったのか、缶は勢いよく前方に飛び壁の上の染みのような部分にぶつかってから落ちた。気になって近づいてよく見てみると、染みではない。目立たずほとんど気づくことはないが、その部分だけが僅かに盛り上がっている。ペンキ塗りの壁と同色の突起物だ。背を伸ばして確認する。

——やはり俺は冴えてるな。

刑事の直感で分かった。小さなレンズが壁から覗いている。指先でつまんで引っ張りだすと配線があり、プラスチックのケースがコンセントに差し込まれていた。ＳＤカードを抜き取る。なにか手掛かりが映っているだろう。データ班に記憶媒体を届けるよう警官に指示し自分も現場を離れた。

「いいお店ですね」

ふいに女が話しかけてきた。三杯目のビールを飲んでいた時だ。さっきまで隣には誰もいなかったはずだが。気持ちよく酔いがまわって気づかなかったのだろうか。女は鳥の羽のように艶やかで深い光沢を帯びた青い服で身を包んでいる。だがどんな服を着ていたとしても、それは見覚えのない知らない女だ。

「ええ、とても落ち着きます。失礼ですがどこかでお会いしましたか?」

「結衣です」

質問には答えずに美しい女は名乗った。周囲の話し声に合わせるようにごく普通のさりげない声音で話しているが、耳元に手を当てて囁かれているような気がする。ブルゴーニュの赤を飲んでいた。雨が降っているからか店内は蒸し暑かった。結衣はジャケットの下に着たシャツの胸元を大きくはだけている。細い顎が開いたシャツの襟と同じ角度で上下に並ぶ。

——こんな模様の鳥を図鑑で見たことがあるな。

引き込まれるようにして視線を落とす。青いシルクのシャツに透明感のある白い肌が映える。しっとりと水気を含んだ女の体を感じることができた。清楚な美しさでもあるが、秘めたる情欲を解き放とうとしているようにも見える。

「なんだかお疲れじゃないですか?」

「ああ、ちょっと仕事がうまくいってなくて」

実際に自分が置かれている状況よりも、うまくいってなくて、などという陳腐な言い方がさすがに情けない。

「こんなに遅くまで大変ですね。いつもこんな時間まで?」

「ええ、やることが山積みの時には」

あなたこそこんな時間にひとりで飲んでいるのはどういう事情ですか？　と聞きたかったが、やめておいた。

「そんな時は美味しいお酒にかぎりますよね」そう言って女は赤い液体を飲み干した。胸の奥をゆっくりと下っていく様子を見届ける。下着が見えた。シャツよりもう一段濃い紺色に近い青であることが分かる。

「もう一杯いかがですか」男は誘う。

「ええ、喜んで」

刑事は、女を手に入れたことを悟った。

あまり片付いているとは言えない小林の１ＬＤＫの部屋はマンションの十二階にあった。店からすぐ近くの立地で、店の前を通って職場から部屋まで帰ることもできる。カーテンを開け放すと夜景が見えた。ハーバーランドの大観覧車は色鮮やかなイルミネーションを青色や黄色に変化させている。

セックスのあと、ベッドに横たわりながら小林はまだ事件のことを考えていた。サイドボードのスマホが震える。メールを開くとデータ班からだった。写真が数枚添付されている。人物が映っていたらすぐに送るよう伝えてあったのだ。

「私じゃ物足りなかった？」

スマホの画面ばかり見ている小林の肩に結衣が小さな顔を乗せてくる。行為の後の気怠い気分はお見通しのようだ。少しすねたような表情をしているが、やはりその声には夢の中に誘うような響きがある。

「いや、もちろん最高だったよ。ただ……」

既に刑事は、女に気を許している。

「その怖い顔の男の人が気になるのね？」荒い画像に移った大男を見て言う。

女はこの男が誰だか知っている。吐田龍二、思った通りだ。

「まあ、そういうことなんだ」

「気が休まることがないのね、刑事さんて。こんな夜更けに事件のことを考えないといけないなんて。それに、やっぱりこういう人ってみんな入れ墨してるの？」

はっとした。指先で画面を拡大してよく見ると、左手の甲に『ＳＬＡＶＥ』と彫られている。

「よく見えたね、こんなに小さいのに」

「ふふ、お役に立てたかしら？」

「もちろんさ。君はとても賢い」単純な男だ。

「でもこれって、私が見て良いものなの？　捜査上の機密でしょ」

「あ……」小林は、困った顔をつくってみせた。「内緒にしてくれるかい？」

「ええ、いいわよ。そのかわり……」女はしなをつくり、男のたくましい体に絡みつく。

「なんだい？」下腹部に指先の愛撫を感じる。

「あなた、もう一度がんばれるかしら」そう言って結衣は口づけした。

これでデータを持ち出した人物についての確証は得た。もちろんスレイブのアジトは知っているが、まずは小林が探すよう仕向けるべきだろう。そして、警察が乗りこむどさくさに紛れて目的の物を奪えば良い。相手は油断ならない組織だが平時より隙が生じるはずだ。

これまでの協力関係を差し置いて――もちろんこちらが利用するのだが――裏切りを働いた以上許容はできない。組織ごと解体すべきだが焦ることはない。事態が動くまで、せいぜいこの小林とかいう馬鹿な刑事に愉しませてもらおう。なかなかいいものを持っている。女の声は艶やかさを増し、小林の背中に爪が食い込む。絡めとられた男はさらに強い渇きを覚える。夜が白んでも欲望が癒えることはなかった。

2　リノベ建築家

「蘭さん、今日は点検ありがとうございました。何も問題がなくて安心しました」

施主の妻が嬉しそうに感謝を述べる。一晩降り続いた雨はやみ、住吉川に面したマンション二階の広いダイニングには明るい陽光がたっぷりと射し込んでいる。白いティーカップに満たされた透明感のあるオレンジ色の液体が表面をきらきらと反射させていた。

「レザー張りの扉はシワが出ていませんし、スタッコ塗りの壁もひび割れひとつありませんでした。壁紙のキズはすぐに直せますのでご心配には及びません」

矢花蘭は山下夫妻とテーブルで向かい合い、この部屋のために選んだイタリア製の椅子に腰かけていた。同僚の矢花悠太と望月佳奈は工芸品のように細かい細工を施されたケーキを食べるのに夢中になっている。蘭はこの二人よりも背が高く髪は耳の辺りで切り揃えている。上下黒で合わせたパンツスタイルを素っ気なく着こなしていた。目は涼し気で太めの眉が意志の強さ――人によっては気の強さと捉えるかもしれない――を感じさせる。相手の話に合わせて相槌を打ち、柔和な表情を浮かべているつもりのようだが不敵に笑っているようにも見えた。初対面の相手から良い印象を持たれることはあまりない。まだ三十歳そこそこで若いのにどことなく人を見下したような態度の女性建築家といった具合に。「これだから芸術家の先生は……」と陰口を叩かれることも以前はあった。

「お恥ずかしい話ですけど、この部屋をリノベーションして頂いてから、私たちぜんぜん喧嘩しなくなったんです。前はしょっちゅう、ていうか、結婚してから十年間、ほぼ毎日言い合ってばかりだったのに、なんだか今の生活が不思議で」

「料理も凝ったものを作るようになったよな。いつまで続くか分からないけど」夫が茶化す。

「それは何よりです」蘭は淡い微笑のようなものを顔に浮かべている。

客商売に向いているとは言えないが、施主夫妻が蘭のことをリノベーション専門の設計士としてその腕を認め心酔しているのはあきらかだった。部屋の間仕切り壁や内装など、すべてを一度解体し間取りの変更を伴う大がかりな改修工事のことをリノベーションと呼ぶが、蘭はその道では名の知れた存在だ。床に敷き詰められたブラウンの大理石は数種類の柄とサイズを使い分け、空間に奥行きを与えている。板張りの壁は希少なシャム柿やバーズアイメープルをふんだんに使い、飽きさせることなく変化に富んだ豊かな表情を生み出す。

設計事務所は設計をして終わりではなく工事監理も請け負う。工事の品質について厳しくチェックし問題がないと判断して初めて施主への引渡しを許可する。当然のことながら顧客との付き合いは、設計期間より住み始めてからの方が長い。こういった点検や施工ミスへの指示は重要な業務のひとつだった。

蘭が扱う案件は戸建て住宅とマンションの割合で言うとマンションが九割以上を占めた。何十世帯あるいは何百世帯が集積することで成り立つひとつの建物の中の最小の単位である住戸。大抵は70~100㎡程度の広さで、区分所有者と呼ばれる住人はそのコンクリートの箱の中でいかにして自分たちの生活をより快適に満足度を高めるかで思い悩む。子供が生まれたりパートナーと離別するなど理由は様々だが、家族構成が変わると人は新しい間取りや設備の必要に迫られる。もちろんもともとの間取りが悪いことで溜め込むストレスから解放されたいと願う主婦など、実際の理由はさらに多岐にわたるのだが。

「そういえば、蘭さんは戸建て住宅は扱わないのですか?」夫の方が聞く。

「阪神大震災で、古い木造住宅の多くは消失してしまいましたし、代わりに建った家は構造体がしっかりしていないことが多いので、そのような建物に、新たに大きなお金を投下する気になれない方が多いようです」

それらは震災直後の大変な時に建てられたこともあって間に合わせであり、当然のことながら恒久的に建物としての価値を維持できるものではなかった。

「たしかに元がぺこぺこの家じゃあ、蘭さんも腕をふるいようがないわよ」

「その代りと言ってはなんですが、昔の日本建築の様式を今でも残している古民家に関しては、ぜひ取り組んでみたいと常々思っています」

つまり、それなりに内装に金をかけることができる集合住宅の住人や、古いものほど価値があると考える者が顧客となり得る層だった。山下夫妻もそのネットワークで紹介された施主だった。二人は共働きで産業用センサーの研究職についており、高給を得ている。

「それにしても、こんなに家のことがよく分かっていて、さらに美人なのに、男の人が好きになれないなんて……」

「こら」夫が、慌てて妻を黙らせようとする。

「あ、ごめんなさい。他意はないんですけど、たまたま大学時代の同期の男の子が独身で、誰かいい人いないかって相談を受けてたから、こんな時に思い出しちゃって」

「いいんですよ。お気になさらないで下さい」

建築家は軽い眩暈《めまい》を覚える。家族や家庭といった言葉を聞くとこのような症状がでた。金を貰って他人の家を設計しているというのに。こんなこと医者にも言えるはずがない。笑って取り合ってくれないだろう。否、笑い話にもならないか。緊張する舞台の上で汗だくになりながら客を笑わせるお笑い芸人が、やがて人知れず溜め込んだ苦悩に耐え切れず自ら命を絶ってしまう気持ちが分かるような気がした。

「男性の施主さんからしたら、さぞ無念でしょうね。特に、自分に自信のある人であればあるほど。どれだけ頑張っても、蘭さんを振り向かせることはできないわけだから」

「リノベーションする方は既婚の場合《ケース》が多いので、そういう気は起こされないようです」

「起こしたところで、奥さんが見張っているだろうし」夫はさも残念そうに言った。

「あら、あなたまで蘭さんに気があるの？」

「だって、こんなにきれいな人が、何か月もかけて自分の家の相談に乗ってくれるんだぞ。変な気を起こすなって言うのが無理な話じゃないか」

「今まで言い寄ってくる人は何人かいたんですけど、蘭さんが相手にしないんです。うちの施主さんて、素敵な人が多いのに、ほんともったいないんですよ。私だったら、いつでも誘って欲しい人ばかりなのに」

出すぎたことを口走らないように、黙って話を聞いていた佳奈がこれ以上我慢できないといった様子で口を挟む。大学で建築を学んで卒業し、今は蘭のもとで一から修行中の身だ。アイドルのような容姿で愛嬌もあるが、どちらかというと現場の職人や建材メーカーの営業マンから人気があった。大人の男性顧客は皆、蘭に夢中になる。

「まあ、なんだかんだこいつは男がらみのトラブルがないから気を遣わないで良いっていうか、楽ですわ」ふだんは工事以外のことには口出ししない悠太も何か思うところがあるらしい。ケーキはすっかり平らげてしまっている。「トラブルがないからこそ、次の新しいお客さんや仕事にもつながるし」

悠太は矢花工務店の跡取り息子で、職人の手配など現場管理を任されている。背が低く、そのことに本人は劣等感を感じているらしいが、さっぱりした性格でいい男だ。髪は耳が隠れてしまうほど長く、無精髭《ひげ》を生やしているが、その辺の優男《やさおとこ》の妙に手入れされた髭と違い、本物の野性味を感じさせる。蘭に想いを寄せているが、もう何年にも渡って仕事仲間以上の関係を築くことができないまま、もどかしい思いを抱えていた。

元々、赤の他人であった蘭と悠太が同じ苗字を持つのには理由があった。蘭は一歳にも満たない頃、赤ちゃんポストで保護されていた。その小さな金属の箱は『やすらぎ』と名付けられ、運営者が神戸近郊で経営する医院に併設されたものだった。赤ちゃんポストと言っても実際にそこに置き去り――言葉通り置き去りだ――にされる子供の年齢は様々だ。生まれたばかりの乳児である場合が多いが、三歳の男の子が無理やり押し込まれていた事例もある。親が何らかの事情に追い詰められ、これ以上育てるのは無理だと判断した時が置きに行く時となる。

蘭の親が誰なのか、生きているのか死んでいるのか、生きているのならどこで何をしているのか、そういったことは一切分からない。運営者も知らない。調べようがないのだ。置き去りの現場では、親あるいはそれに近い立場の人間が明るいレンガ色の外壁に取り付けられた小さな扉を開けて子供を入れる。一度扉を閉めてしまうと二度と開けることはできない。その場を走り去る母親もいれば、しばらく佇んでいる母親もいる。ブザーが鳴り、監視モニターが作動する。気づいたスタッフが駆けつける仕組みになっているが、辿りついた時には大抵の場合置き去った本人はもう姿をくらましている。ほとんどの場合深夜に実行されるので預けた者を追うことは難しい。幼い命を救うことを最優先にしているので、親の追及が後まわしになるのは仕方のないことだった。

子供を保護するとまずは健康状態を確認する。衰弱や怪我をしている可能性があるからだ。それら必要な対応がひととおり済むと、医院は親についてできるだけ調べようとする。そこで名前や身元を知る手掛かりとなるものが、赤ちゃん本人と一緒にポストに入れられていない場合はお手上げだ。数週間あるいは数ヶ月後に良心の呵責に耐えかねた親が名乗り出てくるという特殊な――それだけ少ないという意味で――例を除けば、養子として引き取ってくれる人を探すことになる。応募してくれる人がいれば良いがいない場合もある。その場合子供は乳児院に預けられ、二歳を過ぎると児童養護施設に入所することとなる。言うまでもないが、引き取り手の有無でその後の人生は大きく変わる。容姿、愛嬌、そういった要素が相俟って、文字通り幼児にして運命が決定づけられるのだ。

蘭の場合、小学校に入る頃、世話になっていた県の福祉課の職員がポストには小さな紙切れが一緒に入っていたと教えてくれた。四十代の女の職員はそれを見せてくれた。

『蘭と名付けてください』小さくて遠慮がちだが、丁寧な文字の雰囲気から母親が書いたと想像される。その人物が誰なのかは今も分からないままだが。

幸い保護されて数か月後に、蘭を養子として迎え入れると申し出た夫婦があった。医院から近い神戸で工務店を営む矢花夫婦だった。

山下夫妻の何気ない世間話から、悠太や佳奈も巻き込んで「恋人」や「家庭」の話題で盛り上がっていた。どれも、蘭が世間と相容れることができないでいる事柄だった。

「こいつ、たまに自分の世界に閉じ籠ってしまうんですよ」

「お仕事に関係ない話ばっかりし過ぎたかもね」妻の方が申し訳なさそうに言う。

「小さい時は俺らと一緒に遊んで過ごしてたんですけど、十代の頃からあんまり周りと打ち解けなくなったっていうか、妙に大人びた態度をとるようになったんだよな」

「そんな話、しなくていいわよ」蘭は軽くあしらうが、子供の頃の話は苦手だった。悠太にしてみれば、ざっくばらんに話してしまった方がこの幼馴染みも楽だと思っているのだろう。

「でもそうやって幼馴染みと一緒に仕事ができるなんて、すごく良い人生だと思うわ」妻が蘭の顔色を見て、やんわりと話を逸らす。

「全然そんなことないですよ。小さい時から知ってるぶん遠慮がなくなるというか、毎日顔を突き合わせていたら喧嘩ばかりで、仕事もろくに捗《はかど》らないです」

「じゃあ、おふたりも、私たちみたいに家を買ってリノベーションしてみたらいかがかしら？　喧嘩しなくなるかもよ」悪戯《いたずら》そうな笑みを悠太に向ける。

「いや、そんなんじゃないんですよ、俺たちは。それに……」

蘭には当然、女の恋人がいる。そう言いそうになるのを悠太はこらえた。

矢花家での生活が始まってからしばらくすると、蘭が自立心の強い大人びた子供だということが分かった。きれい好きで、矢花夫婦にとってもほとんど手のかからない子供であり、とても可愛がられた。かといって、この小さな女の子が夫婦の期待していたような甘え方をすることはなく、多少の物足りなさを感じることがないわけでもなかった。それは自分たちが本当の親ではない以上、仕方のないことだと納得できる。逆に、その歳で大人のような距離感のとれる養子に感心し、またとても優しく細やかな配慮のできる性格でもあったため、将来を楽しみにしていた。だが中学生の時に自宅で、蘭が同じ学校に通う女子生徒と性的な関係を持ったと悠太から聞かされた時には心底驚いた。夫婦は自分たちの育て方に自信が持てなくなった。相手は奥村潤子という同じクラスの同級生で、特に問題のある生徒ではない。むしろそれまで何度も家に遊びに来ていた時の様子を見るかぎりでは、蘭よりも年相応の女の子らしい雰囲気があり、良い友達ができたと喜んでいたほどだ。

潤子の両親はともに、高い年収を得られるが激務を要求される民間企業に勤めていた。娘の教育にあたりごく標準的な価値観を教えていたが、二人ともほとんど家にいない。潤子はそんな両親と折り合いが悪く、次第にひとりでいることの多い蘭と過ごすようになる。少女は蘭以上にませており、遊びでも同年代の少女が知らないことを多く知っていた。学校にいる時間だけでなく、放課後の多くをふたりで過ごすようになる。
「私たち、ずっと一緒にいましょうね」蘭の首筋に唇を当て、少女は言う。
〝恐るべき子供たち〟が誕生した。

「謝ることなんてないのよ」
家族内で騒ぎになったことで、蘭は養父母に謝った。やはり小さい頃から養子であることに負い目を感じていたこともあり、そうせずにはおれなかった。同性を恋愛の対象とすることについて夫婦に異論はなかった。そんなことが問題になるような時代ではないし、そもそも二人とも性的少数者や社会の様々な階層の人たちに対して偏見を持たない。仕事では、もっとひどい境遇の人物を雇ったり使ったりもする。そんな夫婦であるからこそ、赤ちゃんポストの子供たちを積極的に受け入れたりもしたのだ。それに、今回のことはもしかしたら思春期特有の不安定な精神状態が一時的にもたらしたものに過ぎないのかもしれないという淡い期待もあった。それならなおのこと咎《とが》めたり無理に異性に目を向けさせるようなことはすべきでない。矢花夫婦はそっと見守ることにした。だが蘭に潤子との関係を絶つつもりはない。むしろ互いの絆は深まった。一緒に過ごす時間は長くなり、性行為はさらに過激なものとなる。その後もふたりは恐るべき子供たちであり続けた。そうして過ごすうちに、大学受験のための進路を考える時期を迎えた。矢花家の養子になったことから建築に触れる機会は元々多かった。とはいえ、設計というあまり一般的でない分野に興味を示したのは潤子がその道を志したからだった。感性《センス》に重きをおくというのも漠然とではあるが自分に向いていると思われ、将来悠太が仕切る工務店に設計デザインで貢献できれば良いのではないか、そう考えた。だが、どうしても自信が持てないことがあった。

「自分の家も知らないのに、他人の家を設計するの？」

蘭の希望を聞いた時に潤子が発した言葉だ。当然のことながら、言った本人に悪気はない。ただ単に事実に即したことをつい口に出してしまった。少女はすぐに詫びたが、その言葉は蘭のその後の人生に大きな影響を与えることになる。

一方、幼馴染みの蘭が進路に悩んでいる時、悠太は勉強もせずにまわりの不良少年と悪さばかりして過ごしていた。それとなく将来のことについて聞いたこともあったが、俺は親父の工務店を継ぐとしか言わない。呑気な奴だと思い、それからは将来について話すのをやめてしまった。ある時、晩御飯のあとふたりでテーブルに向かい合っている時のことだ。悠太は爪楊枝で歯の隙間のゴミを器用に取り出しながら、唐突にこんなことを言いだした。

「ここはお前の家だ。ここでやりたいことをやりたいようにやればいい。何も心配するな」

いつもそばにいて気持ちを楽にしてくれたのは、悠太だった。それなのに私だけが赤ちゃんポストの過去にこだわっている。そんな自分が嫌いだった。でもそれを未だに変えられないでいる。世の多くの捨て子は社会に順応して家庭を持ち、自分の家に住んでいるというのに。私と同じ建築関係の仕事に就いている人だって当然いる。

「そうそう、床の間に掛け軸をかけたんですよ。蘭さんもぜひ見て下さい」

珍しく建築家が上の空なのを見て、妻が話題を変えた。

「さっき検査した時には気づかなかったな」

さすがの悠太も喋り過ぎたと反省しているようだ。

「私も気づきませんでした。うっかりしてましたね」


全員で和室に移動する。和紙貼りの引戸を引くと桧の香りが満ちていた。夫に案内され、一同は床の間の前に立つ。表面をノミで突いて筋模様を付けた名栗仕上げの床柱が他の空間との仕切りの役目を果たす。床面は黒い漆で塗り込まれ、空間を凛と引き締めている。垂れ壁の裏側に仕込まれた照明がほのかに照らす壁面に、自慢の掛け軸はかけられていた。

「かわいい」佳奈が声を上げる。

縦長の和紙に墨で描かれた二羽の鳥は日本の漫画のようにシンプルな線で表現されていた。拍子抜けするほどの軽やかさだった。

「日本画家の友人に描いてもらったんです。円山応挙《まるやまおうきょ》の子犬画みたいな可愛らしい作風なので、妻が気に入って」

「これ、何の鳥ですか?」よく分からんといった表情で見ていた悠太が聞く。

「ウズラです」

「二羽いるからオシドリかと思いました。でも姿かたちが全然違いますね」

蘭も気に入ったようだ。

「以前から、もずくにウズラの卵を乗せて食べたりするのがお気に入りだったんですけど、よく考えたらウズラそのものもコロコロしてて、なんだか可愛いなって。それで絵の主役に決めたんです。画家の作風とも合っていますし、描いた本人も新しいモチーフができたって喜んでくれました」

「床の間に緊張感があり過ぎるのもしんどいので、こういう軽いタッチは良いですね。二羽とも、おふたりみたいに仲が良さそうですし」

「あれ、やっぱり蘭さんも結婚願望があるのですか?」夫は、なおも諦めきれない様子だ。

「でも日本は同性婚すら認められていないので」

「やっぱりお相手は女性なんですね」

「それにしてもこのウズラ、何やってんだ?」悠太はこの絵が気になるようだ。

「さあ、遊んでるだけじゃないかしら」

たしかに、二羽のウズラは遊んでいるように見えないこともない。地面にしっかりと足をつけて踏ん張り、一本の紐を咥《くわ》えて互いに引っ張り合っている。可愛らしくも、一所懸命な様子が微笑ましい絵だった。

3　茶藝師

「『四月に雪が降ることもある』って素敵じゃない？」

「どこが？」

「だって、ほんとうは暖かくて心躍る季節なのに、ひんやりとした物悲しい気持ちにさせてくれるのよ」

「理由になってないじゃないか」

「だって、この歌詞そのものが、よく分からないんだもの」

「俺にはもっと分からない」

昨晩の冷たい雨がこの曲を思い出させる。フォーキーなバラードは未亜の一番のお気に入りだった。黒鳥も口では興味がなさそうにしていたが、嫌いではない。何度も聞かされていたせいでもあるが。寒さの中、身を寄せ合いながら中庭で過ごしたあの時も雪が降っていた。オリーブ色のひとまわり大きなサイズのコートをとおして未亜の体温が伝わる。あまり体のラインを出さない着こなしがいつも大きめの黒いコートを羽織る黒鳥に合わせているのはあきらかだった。鼻筋はまっすぐに通り少し上がった目元が気の強そうな印象を与えるが、きれいな卵型の輪郭がバランスを保つ。金色に染めた短い髪はそれら相反する要素を柔らかく包み込んでいた。ふたりが椅子に腰かける様は二羽の野鳥が体を寄せ合っているようにも見えた。

ひらひらと、はかなげに舞う雪。プリンスが死んだ四月のこと——

夜明け前、追跡者がいないことをバックミラーで確認しながらGT-Rを走らせる。周囲を深い緑に覆われた一帯をさらに奥へと分け入る細い道路の両側には、木々の枝が車の幅ぎりぎりまで迫る。街灯もない暗闇の中、数メートル先の粗い路面だけが視界に浮かびあがった。

粗い舗装もなくなり、雨で湿った葉を踏み潰しながら狭い道を進むと、いよいよ枝葉の先端が、フロントガラスに覆《おお》い被《かぶ》さってくる。ようやくそこを抜けるといきなり視界が開《ひら》けた。

目の前には湖があって微かな風に湖面を震わせ、きらきらと月の光を反射している。岸辺から十分な距離をとったところに小さな建物があった。明褐色のレンガ調タイルで仕上げられた外壁のそばに車を停める。ドアを開けぬかるんだ土を踏みしめた。建物は外部に面して窓を持たず、外から内部の様子を窺い知ることはできない。壁に沿って建物をまわり込むと、湖に面した中庭への入口がある。湖畔の家はこの庭を囲むようにして配置されていた。正確に言うと、湖に向いた一辺だけが解放されたコの字形の家だ。つまり、外側からはとても閉鎖的な表情──これだけ人気のない場所においてなお──だが、ひとたび内部に足を踏み入れるとこの控えめながら詩的で心打たれる湖をどの部屋からも眺めることができる。

中庭のまん中あたりに株立ちのコブシが一株、新緑の葉を風に戦《そよ》がせていた。細い枝はいかにも日本的な弱々しい影を地面に落としている。横には古びた木の椅子が二脚、雨ざらしのまま置かれていた。濃い緑色に塗られていたが、風雨にさらされて色褪せ傷んでいる。片方に腰かけた。朝露に濡れた草木や花がひそひそと話しているのが聞こえてきそうだ。人には振り返って見つめ直すべき場所というものがある。突如として驚きに打たれ、しばしじっと眺めて記憶に刻みつけたいと思うような風景がある。毎朝、窓を開けては飽かずに眺めたいと願う景観《ランドスケープ》というものがある。かつてこの中庭から未亜と一緒に眺めていた景色がそうだ。

そして今、その美しさ冷ややかさを誰とも共有することなく、ひとり佇んでいるのだった。

*

黒い鋼板で覆われた建物が黒鳥の隠れ家から戻ったばかりの吐田を迎える。眼下に神戸湾を見下ろす阪神間で最も高級な住宅街の一角に暗殺者のアジトはあった。国立公園の広大な敷地のすぐ横に、ごつごつとした鉄の塊は鎮座している。砂浜に打ち上げられ腐敗したクジラの死体のように見えなくもない。様々な方向に刻まれた鉄板の継ぎ目は細いスリットとなっており、そこから赤い照明を滲ませている。異様な色彩で夜の闇に浮かび上がるその様は魔術的な儀式を行う場を想起させもしたが、道路際に植えられた背の高い植栽により近隣の住人の目に触れることはない。人間が自然物に対して決して文句をつけない存在であることを利用していた。正面の入口には黒服が立っている。目で合図をしてそのまま部下と共に中に入った。全員の手の甲にＳＬＡＶＥの刺青がある。黒服の表情から、ボスの機嫌を窺い知ることができた。いつも通りの様子で安心する。同時に、俺自身は部下に不安を抱かせないようにする必要がある。手錬手管が使えるわけではない。俺の後ろ盾があるからにはお前たちは任務に集中していればそれで良い、いつもそう言い聞かせてきただけだ。組織はエリナと同じ施設で育った者を中心に構成されているので結束は固い。吐田もそうだった。同じ境遇こそが互いを強く結びつける。

「ボスがお待ちです」

二階に上がる階段に足をかける。鉄製の段板は一段あたりの高さと奥行きが施設のものと同じ寸法に設定されている。木の軋む音だけがない。建物の階数も面積もおおよそ同じだ。それらを現代的なデザインに再構築したことで、あのような奇妙な外観となったのだろうか。ボスはその仕様を求めた理由を明かしたことはない。おそらく過去の生活を身体感覚として忘れないようにするためだということは、組織の誰もが感じとってはいたが。

黒鳥が出ていってすぐに、吐田は施設に雇われた。既に三十を過ぎていたが、それまで同じような職場を渡り歩いてきたのですぐに慣れることができた。前科についても調べられることはなかった。他ならぬ吐田本人がこの児童養護施設で育っていたからだ。それは、恵まれない境遇から逃げられない多くの少年少女が成人してからも見えない網の中でしか生きていけないことを物語っていた。もし抜け出せたとしてもまた網にかけられ、元の場所に戻るよう仕向けられる。吐田のように。

初めてナイフで人を刺した十四歳の時のことを男はよく覚えていた。月並みな言い方だが、人を刺してみたくなった否、正確には、手に入れたばかりのナイフの切れ味を試してみたくなったのだ。高性能なスポーツカーを所有する者がどうしてもその法外なスピードを体感してみたくなるように。入念に研ぎあげたサバイバルナイフがするすると脇腹に沈んでいく。喧嘩相手に選んだスーツ姿の威勢の良いサラリーマンの肋骨に引っ掛かることなく、刃先はまっすぐに肝臓——それが肝臓であるということは後で知った——にまで達した。

少年院を出ると親は家庭での受け入れを拒否した。施設に入ってからは、一番体の大きい吐田が自然と他の者たちを束ねた。掃き溜めに打ち捨てられた考えのない者同士の小さな集団でしかなかったが。

階段を上がりきるとホールに出た。目の前の頑丈そうな鉄扉を開ける。部屋はとても広い。内装は白い壁を除けば、床であれ家具であれ皮革であれ、黒が採用されている。この建物には、黒、白、赤の三色しか使ってはいけないという決まりがある。たしかにこの三色には強度を表したり、人に恐怖を与えるといった視覚的効果がある。正面に真っ赤なスーツを着た女が肘をついてソファに腰かけている。金色に近い髪を鎖骨のあたりまで伸ばし、青い目で吐田を見据えていた。少し距離をとって吐田は正面に立つ。他の黒服は入口の脇で控えたままだ。任務の状況は既に部下を通してエリナに伝わっている。

「ご苦労だったわね」

表情はない。その代わりに、脈打つ血管やわずかな筋肉の動きまでもが分かるほど皮膚は薄く蒼白い。手の甲には吐田と同じ文字が刻まれている。

エリナの美しさはある事件を境にその度合いを増した。女としての完成形に至ったとでも言おうか。その容貌は既に兆しとして現れてはいたが、吐田と出会った頃にはまだ粗削りで自信なさげに見えた。だがあの時、すべてが変わった。交尾を終えたカマキリの雌が雄を頭から食い殺すように、顔色一つ変えることなくあの男を葬り去った。それによりエリナが得たものは残酷なまでの美とも言えるものだ。大人になった赤ずきんがオオカミを殺した。以降その笑みは男の心をざわつかせ、洗練された仕草は他者を自分の思い通りに動かした。だが、仮にエリナにそのような資質がなくとも吐田は命を賭けてボスを支える覚悟ができていただろう。

吐田は奪ってきたばかりのUSBをポケットから取り出した。女の脇に控えていた若い男がノートPCを手に進み出る。戦果物を受け取ると男はすぐにコネクターに差し込む。鋭い電子音が鳴って画面に警告文が出た。パスワードを求めている。

「やられた」

田中の家にはパスワードを記したり記憶した媒体はなかった。それは断言できる。だとしたら黒鳥が持っている。

「黒鳥を探し出して、ここに連れてきなさい」

美しいエリナの顔に凶相が宿るのを吐田が見逃すはずがなかった。女の心の内は荒れ狂っていて何か恐ろしいことを考えている。

＊

三宮の中心部に入り車を走らせる。ギアを二速に保ち低速のままタイヤが路面を転がる感触はシートをとおして体全体に満遍なく伝わった。微細な振動がもたらす快楽は麻薬のように中毒性が高い。午前十時の繁華街はまだ人通りがまばらだが、時折歩道から人影が飛び出してくる。ブレーキを踏み、クラッチのつなぎを微妙に調節しながら体にかかる荷重を最低限に抑える。加速と減速はとても滑らかだ。低く安定したエンジン音を乱すことなく、ＧＴ-Ｒは、トアロードを南下する。車を停めドアを開けた。通行人の汗や埃、安物の香水の匂いが顔にまとわりつく。そして、匂いの分子の真ん中にはまぎれもなく人間そのものの匂いがある。整然とした街並みを望んだであろう都市計画家の想いも空しく、商業の論理は隙間なく建つビルの壁面をたくさんの看板で埋め尽くしていた。

「この会社、徴兵を免れたいロシア人を日本に逃がしてるらしいぜ」

「ああ、自分の国がウクライナに攻め込んでるってのに、ふざけた話だよな」

二人組の男が鉛筆のように細長いビルの二階を見上げ、悪態をついている。

「見ろよ、あの看板。自分たちの会社だけ、やたらと大きなスペースを確保してやがる。やっぱり国民性かね、隣の場所が欲しくなるんだろうな」

「逃げた先でやることがこれだからな」

「しっかし、逃避先に敵国を選ぶなんて、つくづくこの国も舐められたもんだ」

すぐに男たちは去り、見えなくなった。地政学的なリスクが高まってから、これまで存在しなかったいかがわしい商売を始める外国人が神戸の街でも増えていた。このような状況でとられる市民の態度は概ね二つに大別された。恐怖心から敵対心をむき出しにする者と、同じく恐怖心から現実から逃れるために無意味に明るく振る舞う者に。少し歩くと、濃褐色に塗装された木の扉が現れた。扉には、『蜜香《ミシャン》』と彫刻された真鍮のプレートが嵌《はま》っている。インターホンを押す前から、頭上のカメラは訪問者の動きを追っている。扉を開けると店の中は長年かけて空間に染み付いた様々な茶の香りで満たされていた。縦と横の格子状に区切られた両側の棚には、中国や台湾の茶葉が黒い缶に入れられ所狭しと並んでいる。香りに意識が向くよう照明は暗くしてあった。花や鳥が描かれた景徳鎮《けいとくちん》の茶壺《ちゃふう》や、蓋椀《がいわん》が鎮座する一角もある。それらはすべて小さく丸みを帯びており、女性が好みそうな形をしていた。正面のカウンター奥には短い髪を金色に染めた女が立っている。店の雰囲気に不釣り合いな迷彩柄のシャツを着て黒鳥に冷たい視線を向けていたがすぐに目を逸らした。茶盤に置かれた茶壺に熱い湯をそそいでいるところだった。湯によってほぐれた茶葉は金木犀のような香りを立ち昇らせる。

二人連れの若い女が茶缶を見てなんとか説明書きを理解しようとしているが、皆目見当がつかないらしい。産地はどこなのか、白茶なのか青茶なのか、茶葉はどの等級《グレード》なのか、どの時期に摘まれたのか、あまりに専門的かつ種類が多いので仕方のないことなのだが。店主は困っている客に声をかける様子もない。一人が缶の一つを開けて中を覗き込んでいる。

「初摘みなら、こちらの方が良いでしょう」

隣の缶を手に取り、蓋を取って差し出す。突然全身黒づくめの見知らぬ男に話しかけられて驚いたようだったが、手前にいた方の女が恐る恐る受け取った。それから、白毛に覆われてふんわりとした薄緑色の茶葉に鼻を近づける。

「わあ、いい匂い！」もう一人の女も、香りを嗅ぐ。

「ほんとだ、桃みたいな香り。でも、どうして最初のお茶の摘んだ時期が分かったんですか?」女は驚きながら不思議そうに聞いてくる。

「蓋を開けた時に、初摘みのお茶特有の、新鮮なフルーツのような香りが漂ってきたので。それならこちらの龍生翠茗《ロンシェンシュイミン》という銘柄が珍しいのでお勧めしました」

「お茶がこんなに甘い香りだなんて、初めて知りました」

「ええ、おいしいお茶は、甘いのです」

「詳しいですね」

「出過ぎた真似をしてすみません。お茶は、ご自身の好みで選べば良いでしょう」

「ありがとうございます」

二人組はよほど気に入ったとみえて、黒鳥が勧めた茶葉を揃って買って帰った。最初に声をかけた方の女は喧嘩した夫と一緒に飲んで仲直りするとも言っていた。確かに、茶にはそのような効能がある。

「人の店で勝手にかっこつけないでよね」

未亜は店でもラフな格好をしている。本人がその気になればいくらでも男をその気にさせることができるはずなのだが、どうにも可愛げがない。

「高級茶葉が、二人で百グラムも売れたじゃないか」

応える代わりに店主は蒸らしておいた茶を注ぎ、茶杯を差し出す。色鮮やかな花を描いた景徳鎮の白磁に琥珀色の液体が満たされている。片手の掌で包み込むようにして、香りを確かめ、一口で飲み干す。奇丹と呼ばれる希少な岩茶だ。福建省で採れた茶葉を伝統的な炭火焙煎により歳月を経たワインのような味わいに仕立てている。茶酔いしそうなほどに濃厚な味わいだ。そして、毒を仕込まれたチョコレート菓子のように滑らかで、とろりとした舌ざわり。

「そんな薄汚れた格好で歩いてたら、目立ってしようがないわよ」

たしかに、昨晩の襲撃で服はぼろぼろだ。

「他にもお薦めの茶葉はあるか?」

察したように、未亜はカウンターの奥の方へ顎を突き出す。店主が手首にはめたタグ・ホイヤーのボタンを押すと背面の棚がスライドし、奥の空間が立ち現れた。茶葉ではなく、両側の棚には薬品が並んでいる。もちろん一般の客には見せない。店の売り上げの大半はこの奥の間でまかなわれていた。

「で、ご入用は?」

「ひととおり、全部だ」

「百グラムどころの話じゃないわね」

タリウムやリシン、VXなどの毒物は正規でないルートで素人が手に入れようとした場合、不可能ではないが辿りつくのは難しく、自らの身を少なくない危険に晒すこととなる。黒鳥のように自然物を利用することに長けた者でも大量の薬品は必要であり、その入手にあたって痕跡を残すような真似はしない。常に信頼できる仕入先を確保していた。それに、なんといっても神戸は化学生成物の街だ。医化学研究所を頂点とした様々なルートが存在し、それらを調合して販売する業者もたくさんある。東京や大阪のような大都市よりも容易に恐ろしい薬物や成分を手に入れることができた。そういった理由で、この店には先ほどのような若い女の客から、黒い服を着た凄腕の暗殺者までが出入りしているのだった。

「誰にやられたの？」黒服に殴られて出来たあざを気にしている。

先程の若い女たちは、そんなことに気づく余裕はなかったが……

「分からない」本当のことだ。

「仕事柄ってやつね。誰に狙われても不思議はない」

「ああ、深夜に数人の男に踏み込まれて、部屋をめちゃくちゃにされても、文句なんて言える筋合いじゃない」少しの間のあと、男は呼びかける。「未亜」

「何よ」

「あの家に戻った」

「あら、新しい女でもできたの？」

「いいや、安全に身を隠せる場所は、もうあそこしかないからな」

「そもそも、あなたを狙っているのは誰なのよ」

「分からない」

「分からないことだらけね。でも知らないことがたくさんあるって、あなた、そういう状況好きでしょ」

「まあ、そうだ」

「気をつけてね」女は、素っ気なく言う。

大量に調達した薬品を持って店を出た。

一緒に来るか？　なぜ、そう言えなかったのだろうか。未亜とは既に関係を清算したような雰囲気になってしまっている。変な、不思議な関係だ。
湖畔の家には数年にわたる二人の思い出が詰まっていた。だが、殺し屋としての仕事に没頭し過ぎた黒鳥には先のことが見えていなかった。結婚とか、今後の身の振り方とか、そういったことが。そうして未亜はいつの間にか黒鳥のもとを離れた。女を失った黒鳥も家を出て港湾地区の倉庫を借りた。仕事上のパートナーとして話をする以外に顔を合わせなくなって、半年が経とうとしていた。車に乗り込みエンジンをかける。車内が低いアイドリング音に包まれた。

数年前、繁華街にあるホテルの一室である男を毒殺し、エントランスを出たところで「蜜香」の看板を見かけた。控えめな店構えであったが茶の特徴を表す中国語の店名であることが黒鳥の興味を引いた。だがその時はすぐにその場を離れざるを得なかった——なにしろ、人を殺したすぐあとだ——。数日後、店を訪れた。茶葉を選びカウンターで会計をして帰る。金髪のショートヘアの女がいることを知った。時折足を運ぶようになったが、金髪の女はいつもそこにいる。自分の店であるのだろうと推測できる。いるべき時にいるべき場所にいるということは、つまりそういうことだ。そのうちに自分ひとりで選ぶのでなく、茶葉やその淹れ方についても相談するようになった。女の応対はいつも素っ気ない。ただ、黒鳥の注文に対して落ち着いた声で答える内容は的確でしっかりと話の内容を理解していることが分かった。そして、女の方も口にはしなかったが、いつも黒い服を着た背の高い男の茶葉を選ぶ感性《センス》に感心していた。

何度も通ううちに、中国茶のみならず世界中の珍しい茶葉を収集《コレクション》するこの店に、いつも同じ香りが漂っていることに気づいた。独自にハーブを配合した銘柄も多数扱っていることは知っていたが、それらすべてに共通する匂いだ。一度それについて尋ねたことがある。

未亜は、背面の棚から黒い容器を取ってから、中身を見せてくれた。青みがかった紫の花びらが詰まっている。この匂いだったのか。

「良い香りだ。それに、とても綺麗な色をしている」

「ええ、紫が、好きなんです」

「ほとんどすべてのブレンドに使われていますね」

「あまり強い香りではないので、それ自体が目立つことはありません。ただ、香りの下地としては欠かせないものです。いつもこの匂いがするというのは、そういう理由だと思います」

ある日、会計の時に釣銭と一緒に女が紙切れを渡してきた。紙には電話番号が書かれている。小さく丁寧な字で、未亜という名前とともに。黒鳥にはこれまでの人生でそのような経験はない。店でのやりとりについて思い返してみても、いつもぶっきらぼうとも言えるような応対しか受けたことはなかった。結局のところ黒鳥は電話しなかった。その代わり何日かしてからまた店に行き、今度は自分が、商品と一緒に紙切れを渡した。ただし、名前も電話番号も書かずに住所だけを記して。

未亜はやって来た。深い森に分け入り、狭く荒れた路面などものともせずに鮮やかな白のジープ・ラングラーは湖畔に姿を現した。黒鳥が初めて家に招いた女はプライベートの場でもシャツとジーンズというラフな格好を好んでいた。今と同じ、四月の初めの肌寒い一日のこと。

外界から閉ざされた自分の家でも黒鳥はほとんど話さない。この一風変わった間取りを持つ家をひとしきり案内した頃には既に日は傾いていた。二人は簡単な食事をとった。夜は深まり、月の蒼白い光がざらついたレンガの床に滲む。微かに波打つ湖が闇へ消失してゆくのが見とおせた。並んで革のソファに腰かけ、細いワイングラスを傾けていた。互いに沈黙は気にならない。静かにグラスを揺らすと、亜麻色の液体からはナパの白ワイン特有の洋梨のような香りが放たれる。そうやって匂いを嗅いだりしているうちに時間が過ぎていった。

未亜を見やる。かすかに頬を上気させ黒鳥と同じように湖面を見つめている。金色のまっすぐな髪が象牙色の頬に垂れかかっていた。薄絹のようなヴェールをとおして見る女の顔は、生々しい手の痕跡を残さない絵画のような、非現実的な美しさを湛えていた。そっと髪に触れる。女はより深くソファに身をあずけ美しい顔をこちらに向ける。衣擦れの音に続き、しめやかで淫靡な匂いが漂う。蝋燭のようになめらかで微妙に色調を変化させる肌は青みをおびたり赤みをおびたりしている。大きな羽を広げるようにして、黒鳥は覆いかぶさる。

「愛して」女の口から洩れる吐息は蜜の香りがした。

未亜は愉しみ方を知っていた。男を悦ばせ自分自身も愉しめる方法を。蜜香と呼ばれる茶は芽をウンカという益虫に噛ませることで虫の天敵をおびき寄せる化学物質を生成する。その物質が発酵過程で蜜香となる。甘い蜜の香りは様々な鳥を引き寄せてきた。巧妙に毒薬の匂いを隠し日の当たらない地下世界に根を張りながら——

前から歩いてきた中年のサラリーマンが銀灰色の車体を物欲しそうに眺めながら目の前を通り過ぎる。痩せた猫背の男の後ろ姿を、サイドミラーで追う。

GT‐Rなど一九九〇年代頃の日本のスポーツカーは価格が高騰している。発売から二十五年以上が経ち、アメリカでの輸入規制の対象から外れた順に熱狂的なマニアに高値で買い取られていくからだ。その結果特にこのR32型は国内にはほとんど現存せず、大した実入りのない者にとっては高嶺の花だ。

——当時買わなかった奴は、今になっても買えない。

スマートフォンを取り出し、クラウドに転送された昨晩の男たちの映像を確認する。やはりあの大柄な男がグループを仕切っているようだ。男の顔が大きく写っている部分を切り取った。メールに添付して及川に送ってから車を出す。

黒鳥より年長のこの男には、施設を逃げ出してからしばらくの間面倒を見てもらった。甘い顔立ちだが鍛え上げられて引き締まった体つきをした及川則之はかつて地下格闘技の大会を渡り歩くホストだった。体重による階級もなくルールというものがほとんど存在しないある大会に出場する時までは――

騙して散々金を巻き上げた客の女たちが大挙して応援に駆けつけたその日も、ふだんは前に下ろしている金色に染めた髪を後ろに束ねて戦った。無為な日常を振り払うかのように。男の戦いぶりは見事だった。

ゴング――一応それは存在した――が鳴り、体重が二百キロを超える怪我で引退した元力士の突進を適度に距離をとりながらかわす。捕まえられそうになっても、相手が頭を下げて突き進んで来るのをいいことに易々と頭部に膝蹴りを入れてダメージを蓄積させた。徐々にペースをつかみ重いパンチが当たるようになる。力士というのは打たれ弱く、スタミナの消耗が速い。巨漢の動きが止ったところで狙いすましたフックを顎に入れた。総身に痛みが行き渡るのに時間がかかるとでもいうのか、数秒間は何事もなかったかのように突っ立っていた相手がふらつき、膝から崩れ落ちた。マットに這いつくばる元力士は立ち上がることなく現役ホストが勝利を収めた。このような試合は目立つ。巨大な肉の塊をリングの上で料理する様は鮮やかだった。そして、血の気の多い若者を会場に足を運んで自らの目で確認し、自分たちの利益のために利用しようとする者が地下の世界には少なからずいる。既に実績も積みあげていた及川は申し分のない人材だった。

その後はお決まりのパターンだ。最初は大きな報酬の割に仮に捕まっても軽い罪にしか問われない犯罪を手伝うよう誘われた。若者はすぐに返事をした。実際、彼には考えることなどほとんどなかった。相手のやくざ者にも興味がなかった。ただ単純にその仕事、生き方が自分に向いているとはっきり自覚されたのだ。そもそもホストがたまたま地下格闘技をやっているのか、地下格闘家がたまたまホストをやっているのか、本人にもよく分かっていなかった。互いに潰し合うことを欲していただけだ。ほどなくして夜の仕事を辞め、暗殺者の道を歩み始めた

――

そんな及川に神戸の裏社会で生きていくためのルールを叩きこまれた。黒鳥が模索しながらも自分流のやり方で仕事をするのを見守り、危ない時には気づかれないようにそっと助け舟を出す。暗殺業界――そのようなものがあるとすればの話だが――における理想の上司といったところだった。以降互いの流儀を尊重し、深入りし過ぎることなく殺しの世界で交わってきた。片や薬殺のエキスパートであり、もう片方はより直接的な暴力を好む殺し屋として。世間一般のそれとは違うかもしれないが、敬意を感じ友情のようなもので結ばれていた。おそらく友達と呼べるたった一人の存在。

西の方角に車を走らせてしばらくすると、及川から電話がかかってきた。車を左に寄せて停め、通話ボタンを押す。

「どういうことだ?」

「どうもこうも、昨晩そいつに、家を襲撃されたんだ」

「お前はけっこう派手な殺し方をするからな。目立ち過ぎるとろくなことがない。それから、どうでもいいことだがただの倉庫を家だなんて言うのは違和感がある」

何かが砕《くだ》ける音が電話越しに聞こえてくる。スピーカーの設定にしてミキサーで特製の野菜ジュースでも作りながら話しているに違いない。フルーツをたくさん入れるので甘くて飲みやすいといつも自慢していた。

「余計なお世話だ。で、誰なんだ？　そいつは」

「分からない」

「役に立たないな」

「そう言うな。それより良かったじゃねえか。一度襲われた場所にいつまでも居続けるわけにはいかないだろ？　あんなうらぶれた所に見切りをつけるいい機会だ。元の家に戻って、未亜のことをちゃんとしてやれ」

未亜の事を言われると、返す言葉もない。「もう終わったんだ」と言い返すので精一杯だ。

「その割りには未練がましく、いまだに店に通ってるそうじゃないか」

元ホストは黒鳥を冷やかすのに慣れている。

「仕事道具を調達してるだけだ」

「とにかく、過去は消せない、決してな。だから人は後ろを振り返りながら歩くんだ。それを受け入れて愛してくれる女に、お前は感謝しなければならない」

「あんた、いつから心理学者みたいなことを言うようになったんだ？」

「暗殺とは、命を賭けた心理学だ。覚えておけ」

「格好つけやがって。そう言うあんただって、エリナが忘れられないんだろ」

他でもない、エリナは最近まで及川と恋仲だった。狭い街の狭い業界だ。犯罪の世界というのは意外とそういうことが起こり得る。第三者の罠に嵌められて、謀らずも殺しの現場で鉢合わせすることもある。そうしてうまく切り抜けた後、ましてや互いに魅力的な男と女であればバーで酒を飲み交わすこともあるというわけだ。だが、梅宮に犯されたエリナが男に抱かれることを受け入れるようになるには、よほど相手に対する信頼がなければならなかったはずだ。黒鳥が彼女に対する罪悪感を背負う反面、及川が彼女の心を解きほぐし支えになってくれていたことに対して、嫉妬の感情などはない。むしろ男として認め尊敬していた。

いずれにせよ、殺し屋という人種は数も限られるので互いの存在を知っていることはよくある。もちろん顔を知っているとは限らないが。知らなくとも気配を感じることはできた。街はそのような気配に溢れている。闇の世界の住人だけが嗅ぎ分けることのできる匂い。だがそれならば、おかしい。昨晩俺を襲った奴のことを俺は何も知らない。おそらく及川も違和感を感じているはずだ。年上の男は返事をしない。その代わりに野菜ジュースを口にふくみ、ゆっくりと味わいながら飲みこむ。上質な生地のシャツを着てジュースを飲んでいる元ホストの姿が容易に思い浮かぶ。そういえば、細部までデザインのいき届いた田中の家にもミキサーが置かれていた。

「話は変わるが、あんたの部屋はなかなか趣味が良かったな。参考にしたいから教えてくれ。あの内装を設計したのは誰だ？　まさか自分でデザインしたわけじゃないだろ」

聞きたいことは他にもあるのだ。人生は短い。勝手に人の部屋に土足で踏み込むような奴のことをいつまでも案じているわけにはいかない。

「もちろん自分でデザインなんてしねえよ。思いつきならなんだって言えるが、専門的な分野ってのはやはり信頼のおけるプロに任せる必要がある。うちみたいなマンションは構造とか給排水管とか、現状を正確に把握するのはむずかしいからな」もう一口野菜ジュースを飲んで息継ぎをしてから続ける。「そういう、素人が見えない部分も含めて理解度の高い建築家を雇って初めて、品質とデザインの両立したリノベーションが可能になるんだ。言っとくが、そのへんの適当な業者なんかに頼むんじゃないぞ」

「だから聞いてるんじゃないか」

「お前の隠れ家だったあの倉庫からそう遠くないところにある事務所で、矢花蘭というリノベーション専門の女の建築家だ。何年か前に、仕事を依頼してきた政治家に紹介された」

なるほど、その建築家は相当信頼がおけるようだ。しかし家の面倒を見てくれる人物まで同じになるのか。殺し屋の世界というのはつくづく狭い。

「たまには、フロントガラスをきれいに掃除しろ」

「何だって?」

「視界を広く、良好に保てと言っている」

「じゃあ、そう言えよ」

またお得意の心理学か。どうにも説教臭い。それにそこまで汚れているとも思わない。だがよく見ると確かに昨晩の雨跡が残っていて薄汚い。ホストクラブで厳しく教育されただけあって及川は潔癖症なところがある。しかも、黒鳥がまだ駆け出しの頃にこのGT-Rをただ同然で譲ってくれたのは他でもない及川だ。言われれば掃除でもなんでもしなければならない。

レバーを引くとウォッシャー液が噴射された。ワイパーが数回動きフロントガラスの汚れはきれいに拭われた。視界はとてもクリアだ。周囲を見渡すと左前方の建物に目が留まった。壁には「矢花蘭建築計画」と書かれた看板がある。

「とにかく、写真の男を調べてくれ、頼んだぞ」黒鳥は急いで電話を切った。

濃紺の地に白い明朝体で書かれた看板は大き過ぎず小さ過ぎることもない。とても控えめだが見やすい高さに設置されている。一旦目に入ると老若男女誰もが読みやすく、すっと頭に入ってくる。この辺りは高級住宅街ではないが下町でもない。中流階級が多く住むエリアであり、家をリフォームする際のコスト意識はシビアだろう。そのような立地でまっとうに商売をしている印象を受けた。そして偶然とはいえ、職務上の役得でこの建築家の作風と空間は実際に体験してよく知っている。

4　リノベーションを依頼する

五階建てマンションの一階部分を改装した事務所の内装はクリーム色がかった上品な白を基調としている。照明の配置も的確で、応接コーナーのアクセントとして使われた黒大理石の壁やチーク材の造作棚の落ち着いた風合いを引き立てていた。初めて訪れる者に清潔さと親密さの両方を感じさせる空間に仕立て上げられている。

仕切りのない空間の奥まったところで、蘭は愛用のスイス製の色鉛筆を紙に走らせていた。既存の間取り図の上に半透明のトレーシングペーパーを置いて、新たな間取りを書き込んでいるのだ。古いマンションの既存の壁は大胆に取り払われ、新たに空間を仕切る壁が濃い黒で強く刻まれる。リビングや水廻りはそれぞれの用途を表す色に塗りつぶされ、信号機のようにはっきりと色分けされた。太い先の丸まった鉛筆で一見詳細を省いて無造作に描かれたようにも見えるが、寸法や素材同士の納まりなど細部《ディテール》まで計算されている。

ある段階で、建築家はこれ以上何かを描き加えることは禁物だと悟った。荒々しい筆致により立ち現れたプランは、その時すでにそれ自体の生命力を獲得するに至っていたのだ。施主の要望を十分に満たした上で、スケッチには建築家の「気」が漲《みなぎ》っていた。

朝、事務所に着いてからこの作業にかかり切りだったが、ひと段落つけることにする。あとは佳奈が現場から戻るのを待ってCAD《キャド》で製図させ、プレゼンの準備を整えれば良い。各部屋に求められる面積などの諸条件は充分満たされているし、さらにその上を行く空間の提案ができるだろう。喉の渇きを覚えた。この仕事は知らず知らずのうちに熱中してしまい、意外なほどに体力を使う。机の脇のコーヒーカップを取ろうと手を伸ばす。目線の先に人影があった。男は蘭の向かいの佳奈の椅子に腰かけていた。まっ黒な服を着ている。背が高く細身の体形であることが分かる。美しい顔立ちだ。

いつの間に。物理的にここまで入って来ることは可能だ。エントランスのドアに鍵をかけているわけではないし、自分で勝手に開けて入ってくるのも他の人たちと変わりはない。ただ、大抵は「ごめんください」とか「こんにちは」などと声をかけてから入室する。そして、スタッフの椅子に勝手に坐っていることもない。

「いらっしゃいませ」

不審な人物を相手に、こんな対応で良いのか分からないが、反射的に挨拶をしていた。これまでにも風変わりな客はいた。目の前のこの男も単にその一人なのかもしれない。

「家の改修を考えているのですが」

悪びれる様子もなく、黒鳥は言う。人を寄せ付けない態度もいつもの通りだ。

「そうでしたか。私、代表の矢花蘭です」立ち上がり、名刺を差し出す。

白地の名刺からは法人ではなく個人事務所であることが分かる。それから、名前の横には一級建築士とある。男は立ち上がって受け取るだけで何も差しださない。

「コーヒーを淹れるので、少しお待ち下さい。朝からスタッフが現場に出ているもので」

「おかまいなく」

改めて坐りなおしながら黒鳥は思う。このようなセリフは、殺し屋の仕事で口にすることはまずない。むしろ自分が他人の家に土足で踏み込み、住人のことなど〝おかまいなし〟に好き放題に振る舞って殺してきた。微かに苦々しい笑みを浮かべる。

蘭は自分のカップを持ちキッチンに向かった。昨日からの冷え込みで、寒くないように白のタートルネックを着ている。男は同じ姿勢を保ったまま蘭の動きを追う。黒鳥と自分の分のコーヒーを淹れて戻った蘭は、手に書類を携えている。

「お医者さんと同じです。ご記入下さい」そう言って、書類を机の上に置きその脇にコーヒーカップを置いた。

正規の医者にかかったことのない黒鳥はそういうものかと思いながら『お客様カルテ』と書かれたA4サイズの紙に視線を落とす。記入欄には、住所、氏名、電話番号、メールアドレス、職業などを書くよう示されていた。少し戸惑いながら紙面を見ていると「書けるところだけでいいですよ」と女が声を掛ける。実際、いきなり個人情報を提供することに抵抗感を示す客もいるので無理には求めない。黒鳥は適当な偽名を書き込み、職業以外の欄を埋めた。

「職業は……」

「そこも空けておいて頂いて構いません。ただ、施主様の考え方や生活を理解する上で、どのような職業に就いておられるかを知っておくとより細かい配慮ができると思います」

確かにその通りだろう。

「薬品やハーブの調合をしたり、です」

「分かりました。それで結構です。製薬会社で研究をされているような感じですか？」

「まあ、そんなところです」

それは競合相手だ、などとは言わない。

「研究職の施主様はこれまでにも何人かいらっしゃったので大丈夫だと思います。私自身は建築なので、薬品の方面は得手とは言えませんが……。小さい頃から、そういうお仕事をしようと考えていらしたのですか？」

会話がかみ合っているとは言い難いが、なんとかコミュニケーションが取れそうで蘭は安心しかける。

「いえ、そういうわけでは……。でも子供の頃から混ぜることは好きでしたよ。コーラとオレンジジュースがあれば、必ず混ぜていました。ひどい見た目で……、もちろん味も。ヘドロのようでした」

ヘドロ？　俺はヘドロを知っているのか？　ああ、確かに知っている。

「おもしろい発想ですね。でもここにはコーラはないし、無味無臭かつ無色透明の炭酸水があるだけです」

蘭は机の上のウィルキンソンに手を掛ける。仕事の合間や夏場の現場で、強炭酸の刺激は重宝するのだ。

「ええ、でもその炭酸水だって、今はもう、あなたがさっきまで知っていたものとは違う液体になっているかもしれない」

「え？」

「冗談ですよ。他に知りたいことはありますか？」今度は不敵な笑みを浮かべる。

蘭には男が言葉通りふざけているとも思えなかった。目の前の透明な液体は、赤いラベルの貼られた容器の中で不気味に泡立っているように見えた。

「急に思い立ったので、すべての要望をうまく説明できるかどうか分からないのですが、簡単に言うと、森の中に中庭のある古い木造の家を持っています。そこをリノベーションして、自分の好みに合う空間にしたい」

「中庭があるのは素敵ですね」

「プランはできるだけ、元の建物の良さを残しつつ矢花さんの腕を振るって頂きたい。確かに建物は古いが傷みはそれほどでもなく、元のデザインの秩序やリズムをまだ失っていません。加えて、今では色褪せたものの美とでも言うべきものを獲得している」

「拝見するのが楽しみです」

「浴室などの水廻り設備は、最新のものにして下さい。ただし、余計な機能は必要ありません。むしろ、基本的な性能を徹底的に高めたものが望ましい。詳しく言わずとも、ご理解頂けると思いますが」

「ええ。よく分かります」

「古い家具がたくさん置かれていますが、いくつかを除いて、すべて新しいものに買い替えるので、その点についてもアドバイスを頂けるとありがたい」

「ある程度のイメージができているようですね」

「そういう訳ではありません。ただ、あちこちの家にお邪魔する機会があるもので、内装材などについて断片的な知識があるだけです」

過去に殺してきた被害者たちの部屋をひとつひとつ具体的に思い出しながら言った。趣味良く内装を整え、きれいに片付いた部屋もあれば、ごみ溜めのような部屋もあった。

「あら、研究職の割りには社交的なんですね。ちなみに、うちの事務所のことも、そういった機会にお知りになったのですか?」

「まあ……、そんなところです」

「ご家族は？」

「一人です」

「ご趣味などはありますか？」

「中国茶を嗜《たしな》むので、茶器の収納などに注文をつけるかもしれません。ただ、それほどお手を煩わせるような内容ではないと思います」

「ふだんコーヒーか炭酸水ばかり飲んでいるので、お茶についても勉強しておきます」

「それから……」言うべきか迷うが、大切なことなので最初に伝えた方が良いだろう。「ひとつご留意頂きたいのは、あなたの設計方針とはまったく相容れないかもしれませんが、この家で求められるのはいわゆる人間らしい生活とか、そういったものではありません。私の仕事に関する資料や道具、それらがまず第一に価値のあるものとして、上位に位置します。快適さなどというものは、一番最後に考えて下さったら結構です」

いつものように施主の話を聞くうちに、蘭は落ち着きを取り戻していた。

「そのようなことでしたら、まったく問題ありません。自分一人の価値観にのみ従ってリノベーションをする方は、まだまだ少ないですが一定数いらっしゃいますし、むしろ最近では増える傾向にあります。結婚しない人が増えたことが背景にありますが、それも時代の流れでしょう。ご結婚の予定はありますか？」

「建築家というのは、ずいぶん込み入ったことまで聞くのですね」

「ええ、その通りです。私のように、リノベーションを主に扱う建築士は特にそうです。しっかりヒアリングして、例えば夫婦の寝室の位置やベッドのレイアウト、必要な仕様などを決めていきます。寝室の隣にシャワーとトイレは要るのか要らないのか。要る場合、便器にビデが備わっていた方が良いのか、そうでないのか、そういったことをです」

「なるほど。要望についての詳細は、一度考えを整理してメールで送った方が良いかもしれませんね」

「それで構いません。すべての要望がまとまっていなくても、随時プランの変更は対応させて頂くので、気づいたことはお気軽にお伝え下さい。いきなりガラッと内容が変わっても気にしないで下さい。今の段階では、いろいろと自由に考えることが大切ですので。それから、一度現場を調査させて頂けますか？」

「もちろんです。古い家を購入したので、元の設計図はありませんが」

「結構です。それでは、さっそくですが本日、午後からでもいかがでしょう？　ちょうど今抱えているプロジェクトがひと段落したところだったので」

「分かりました、お願いします。ところで、報酬はどのようにお支払いすればよろしいでしょうか？」

「お聞きした感じだと、かなり大掛かりな工事で日数もかかりますので、通常、進捗に合わせて、三回から四回に分けてお支払い頂くことになります」

「今日、手付金として半分支払い、完成後に残り半分をお支払いします」

黒鳥は金額を提示した。

「まだ現場を見ていませんが、多過ぎるように感じます。それに、回数は小刻みにした方が、施主様にとってご都合が良いと思いますが。私たちも、細かく入金がある方が、事務所の運営上助かるという事情もあります」

「気になさらないで下さい。こちらがそうしたいのですから。追加の業務が発生したら、その時には、また十分に対応させてもらいます」

金の扱いはシンプルにしておくに限る。殺しの報酬と同じだ。

午後から自宅に迎えることを確認し、黒鳥は蘭に付き添われてエントランスに向かう。気になっていたことを聞いておくことにする。

「車がお好きなのですか?」

シャッターが閉まっていたので道路からは見えなかったが、事務所の横はガレージとなっていて透明なガラスで仕切られていた。大きな黒い車が停まっており、さらにもう一台分のスペースもある。おそらく建築家の愛車だろう。鏡のように磨き上げられた2005年製シトロエンC6。フランス製の大柄なセダンで、ボディはクジラのように伸びやかな曲線を描く。その姿は優美と言えば優美だが、どことなくユーモラスな印象を見る者に与える。特に室内側をえぐるように湾曲したリアガラスのデザインは「凡人には分からなくても良い」とでも告げているかのようだ。フランス車すべてに言える工業製品としての信頼性はいまいちという事情があるにもかかわらず。一見神経質なようで実は鷹揚。芸術家の乗る車としてふさわしいように思えた。

「特に詳しいという訳ではありませんが、この車のデザインに一目惚れしました。中古車屋さんで店の人が、『この個体はワンオーナー車で、とても程度が良い』と言っていた割りには、よく壊れますが。イグニッションコイルとか、樹脂パーツとか、そういった部分です」

「とてもいい車だ」

「あなたの車も。私には高価すぎて、とても買えませんが」

エントランスのガラス扉からは、正面に停めたGT-Rがよく見える。

「まだ中古市場が高騰する前に、安く譲ってもらったんです。信頼できる整備士もいるので」

「私も、そのお店から整備士さんを紹介してもらわなかったら、購入してなかったと思います。安心してお任せできる方なので。大浦さんといって、すぐ近くに工場があります」

「それなら同じだ。意外なところで接点がありましたね」

車の趣味が良いというのはそれだけで信用に足る。それに、古い建物を再生させる仕事をしている人物が新しいということしか取り柄のない車に乗るのは節操がない気がした。年代物の車を常にきれいにして大事に乗っている方が、当然のことながら顧客に対する説得力が増し、また魅力的にも映るだろう。

電子音がして、ががらと音を立てながらシャッターが上がる。バンタイプの黒いハイエースが後ろ向きに乗り入れてきて、C6と並んで停まった。車高は下げられ、黒いホイールの出幅はタイヤハウスのそれと面一《つらいち》で揃っている。エアロパーツも組み込まれ、いかついイメージが演出されていた。勢いよくドアが開き作業着を着た男が出てくる。ガレージと事務所を仕切るガラスの引き戸を開けた。

「おう、蘭、打合せいいか?」

「いいけど、後にしてくれる? 新しい施主様に挨拶してるところよ」そう言って、黒鳥に悠太を引き合わせる。

「彼は、矢花工務店二代目社長の矢花悠太です。工務店はこの建物の隣で、設計と工事をそれぞれ担当することになります」

「同じ姓ですね」

「ええ、兄弟ではないのですが、事情があって」

つまりこの建築家が養子ということになる。

「そうですか、よろしくお願いします」

「こちらこそ、よろしくお願いします。それより、すごい車ですね」

背の高い黒服の男に気押されながらも、GT-Rへの興味は抑えられない。

「今その話をしてたのよ」

「みなさん車がお好きなようで良かった。話が合いそうだ」

「そうですね。それから、私たちの事は、蘭と悠太と呼んで下さって結構です。これからしばらくの間、けっこうな頻度で顔を合わせることになるので、気軽に呼び合える方が良いでしょう。他の施主様もそうなさっています」

「では、お言葉に甘えて」

殺し屋は自分の呼び方については触れない。つい先ほどのことだが、どんな嘘を書き連ねたのかもう忘れてしまった。これまでにもついてきた多くの嘘のひとつに過ぎないのだから。

「でも古い車は、いろいろ気を使いますね。俺らは仕事であちこち行くから燃費が悪かったら、走れば走るほど損してる気になって、仕事にならないです」

「確かに、よほど気に入らないと難しいかもしれません」

「そういうことまで含めて愛おしいのよ、古いクルマっていうのは」

「自分で整備もできない癖に、知った風なこと言うんじゃねえよ。そういえばこいつ、古い車とか建物が好きなのはいいけど、服までいつも同じなんですよ」

確かにこの時期は、毎日のように黒のなめし皮のジャケットを着て出かけている。

「良いものを長く着てるだけよ。車もそうだけど、結局それが安上がりでもあるの。手入れをすれば、愛着も湧くし」

「修理のために、しょっちゅう車屋に行く時間を考えたら、全然割りに合わねえだろ。大体、お前の車、妙に足まわりがふわふわしてて落ち着かないんだよな。これだけは、いつまで経っても慣れないわ」

「あなたにはシトロエンの美学が分からないのよ。これは『ふわふわ』じゃなくて『しなやか』って言うの」

「なにが、しなやかだよ。こんなのより、俺のバンの方がよっぽど快適だわ」

「お二人の仲がとても良さそうなので、安心してお任せできそうです」

――親と離別しても、こんな風に育つことができるのだな。

黒鳥は、自らの生い立ちと比べていた。エリナのことも頭をよぎる。

「幼馴染みですから」

蘭がことも無げに言うと、ほんの一瞬だが、悠太が不服そうな表情を見せた。

――古い建物に新たな生命を吹き込み、再生させる建築家か。俺の人生も、もしかしたら……

＊

目覚めた時には既に結衣はいなかった。時計の針は午前七時を少し回っている。明け方まで情事に耽っていたというのに、こんなにもすっきりと目が覚めたのはやはり昨晩の事件のせいだろうか。物騒な集団が、廃倉庫を襲撃した。そこの住人らしい男はおそらく襲撃者のうちの一人を殺害し、さらに警官までひき殺しそうになりながらネオクラシックと呼ばれるジャンルのスポーツカーを猛スピードで走らせ、現場から逃走した。

幸い、結衣のお蔭で犯人の手がかりが得られた。まずはＳＬＡＶＥという刺青の意味を調べなければならない。小林は、何かに駆り立てられるように、急いでシャツを着て身支度を整えた。

——こんな事件は、そうそうあるものじゃない。

靴に片足を突っ込んだところで携帯が鳴った。同僚の木本からだ。

「お前、この組織のこと調べてるの?」

写真の男について知っていることを教えてくれと、昨晩頼んでおいた。木本の配属は通信指令センターで、あらゆる事件の発生を誰よりも早く知る立場にあった。情報を得るにはこの男が一番頼りになる。

「ＳＬＡＶＥっていうのは、組織だったんだな」

「そうだ。何をするつもりか知らんが、気をつけた方が良いぞ。こいつら、医化学研究所とつるんで、いろいろと悪さしてるらしい。物騒な話が山ほどある」

「そうかい、ありがとよ」

「いいさ、それよりお前、さっきまで女と寝てただろ?」

「なんでそんなことが分かるんだよ」

「俺は電話ごしでも、声さえ聞けばそいつの体の調子が分かる。水を飲んでから出かけろ」

そうアドバイスしながら木本は、スレイブの息のかかった店を教えた。


その一帯に足を踏み入れた瞬間から、空気が変わったのを小林は察知した。夜に訪れても、そこだけはいつも真っ暗なのは知っている。バラック小屋と老朽化して危険なビルが混在するエリアだ。いかがわしい客引きもいないし妖しいネオンもない。朝の陽ざしはこの通りにも落ちているが、影の方が強くひんやりとした冷気が漂っていた。

すれ違いうろつく者の多くが不審な挙動を見せる。勤務が終わって風呂上がりの匂いを漂わせる風俗嬢や、上下スウェットにサンダル履きといういで立ちで煙草をふかしながらパチンコ屋に向かう中年の男などだが、皆一様に目が虚ろだ。フェンタニルは安価で社会の最底辺の人間にも容易に手に入る。これまで担当してきた刑事犯が服役を経てその後の人生を再生させるところを何度か見てきたが、彼らは一様にこの薬物にだけは手を出さなかった。

長いあいだ舗装工事もされず、でこぼこの路面がひと際黒ずんでいるところがある。へこんだ部分には昨晩の雨で水溜りができていた。目線を上げると、暗い通りにあってさらに暗い窪みが陰気に口を開けていた。闇の濃さとその冷たさの度合いが増すほどに、引力は強くなる。

刑事は、地下へと至る狭い階段を降りた。

薄暗い店内は黴《かび》の匂いと煙草の煙が充満している。身形《みなり》の悪い男たちが狭い空間でゲーム機の台に向かっている。小林が扉を開けると、何人かがだるそうに顔を上げすぐにまた画面に視線を戻した。緩慢で海の底をゆらゆらと漂うような動きはその人相の悪さと相俟《あいま》って、岩場の奥から顔を出して周囲を警戒するウツボを思わせた。

受付の曇ったガラス窓の向こうに痩せた男が坐っている。この男だ。大きな黒い布で口元を隠し伸ばした髪を前に垂らしているが、木本から教えられた人物に間違いない。

「西川だな?」

名前まで知られていることで、誤魔化しきれないことを理解したようだ。話しかけられた相手は小さく頷く。

「聞きたいことがある」

警察手帳を見せると、西川は奥へ招く仕草をしてから窓のカーテンを閉めた。横には扉があり、小林はそこから入室した。狭い部屋には灰色の事務机とパイプ椅子が二脚置かれていた。安っぽい柄の壁紙からは長年にわたって染み付いた悪臭が放たれている。刑事に坐るよう促すと西川は正面に腰掛けた。汚らしいカップに注がれたコーヒーを目の前に出されたが、小林は手をつけない。

「何の用だ?」

布越しとはいえ滑舌《かつぜつ》が悪くよく聞き取れない。あまり声も出しておらず喋るのがつらそうだ。

「とっくにコロナは明けたのに、いまだにマスクをしてるなんて酔狂な奴だな」

男は答えない。余計なお喋りに付き合うつもりはないらしい。

「この男の居場所を教えろ」昨晩の男の写真を見せる。

「知らない」心なしかマスク越しの声に嘲《あざけ》りが含まれている。

「そうか、でもその刺青はスレイブのものだろう?」

西川の襟元から覗く文字列を見ながら言う。

「俺は……もう組織の人間ではない」

「だからと言って、それほど簡単に関係が切れるわけでもないらしいじゃないか、おたくらの業界は」

「それはその通りだ。だが今の……俺は、この賭場を仕切っているだけだ。元々は……、たまに情報を渡す代わりに上納金を免除してもらってたんだ。あんたみたいなのがたまに……来るからな。つまりあいつらにとって、使える……人材だったってことさ」

どうやらこの男にとって、長く言葉を発するのは大きな苦労を伴うことらしい。

「裏社会でのキャリアは、順風満帆だったたってわけだな」

「そうさ。それで、ある時……俺は、さらなる情報の見返りを求めた。すると、どうなったと……思う?」

「知らねえよ」突き放すように刑事は言った。

「あんた……、まだ分からないんだな。あいつらの……恐ろしさが」

言葉はますます聞き取りにくくなっているが、しかし嘲りの感情は今やよりはっきりとした調子を帯びている。男はどんよりと濁った眼で刑事を見据えた。その瞳は奥行きを欠いている。それから、両手を後頭部にやり口元を覆い隠していた布の結び目をつまむ。指先に力を入れ布をほどいているのが腕の筋肉の動きで分かった。こわばった筋肉が緩み、両方の腕は逆回転で巻き戻すように同じスピードで後頭部から離れる。

「あっ！」

マスクが取り払われた時、小林は思わず声を上げた。目を背けるが、口と鼻を切り取られた男はなおも話を続ける。

「ひどい目に遭わされたく……なければ、これ以上……嗅ぎまわるな。まだ鼻の……あるうちに……な」

顔にぽっかりと空いた真っ黒な窪みは話す度に形を変えた。それは、大きくなったり小さくなったりしている。何かに似ているようでありながら何にも結びつかない。歯茎が露わになり、顎が落ちてしまいそうなほどに口——かつてそうであったもの——を大きく開けたその顔ははっきりと小林を嘲笑っていた。

5　中庭でのティータイム

約束通り、蘭は二時ちょうどに着いた。狭い山道を通ることを伝えていたので、悠太と佳奈もＣ６に同乗してきた。到着すると挨拶もそこそこに、建築家は仲間に指示をだして調査を開始する。佳奈に建物の各部分の寸法を測らせておいて、自分は空間の質を見極めるつもりのようだ。到着してからもフランス車の乗り心地に文句を言っていた悠太は、建物の状態を把握するために、あちこちの部屋を自由に行き来している。

彼らの様子を中庭の椅子に腰かけて黒鳥が眺めている。そこからは、家の中で行われていることが全方位で視認することができた。黒いジャケットを羽織った蘭がゆっくりと家の中を移動するのが窓越しに見える。隙のない滑《なめ》らかな動きは殺し屋のように見えなくもない。細部にまで注意を払って確認しているようだが、体と意識は空間に向けて解放されている。その境地は黒鳥が犠牲者の家に忍び入り部屋と同化することと同じ性質のものだった。

毒薬の調合に使われる部屋には、劇物や薬草の専門書が収蔵されている。それらの書籍に載っている成分を実際に調合するための器具や設備も置いてあるが問題はない。それらをどのように使うかまでは彼らの想定外のことであり、実際に想像もできないだろう。本はあくまで本であり、薬草もあくまで薬草だ。それがどれほど物騒な性質のものであったとしても。薬殺は応用芸術の領域に属するものであり、そこから先の行為にこそ本質が宿る。

——リノベーションにおいて良い結果を得るには、施主を深く理解することが不可欠であると建築家は言ったが、この俺が誰かに自分をさらけ出すことなどない。どれだけあの女を信頼していたとしてもだ。せいぜい家の中に散りばめられた様々なものの断片から、俺という人間の内面を探りあてるべくあれこれ推測するしかないのだ。きっと、ヘドロのように汚らしい色合いの、不確かな感触のものしか見つけられないだろうが。それだってすぐに手からこぼれ落ちてしまう。

中庭は周囲をとり囲む部屋によって、外部の世界とのつながりを断たれる。それ故に、この小さな秘密の空間は小宇宙とも呼ぶべき豊かな世界を創りだす。コの字型の一辺だけ解放された方向に視線をやる。両側のレンガの壁が絵画の額縁のように美しい景色を切り取っていた。森の奥深い場所に位置する湖には、日中だというのに薄靄《もや》がたち込めていた。脇には樹木が控え、湖面に枝を投げかけている。日に焼けて灰色に朽ちた木の桟橋が頼りなげに沖合いまで伸びている。見上げると壁で四角く切り取られた空は晴れ渡っており、絶え間ない湖面のゆらぎが桟橋の支柱にぶつかる音とひとつになる。まるで水没した町に独《ひと》りいるような錯覚を覚えた。

頃合いをみて茶の用意をすることにした。天気も良いし、仕事の邪魔をしないよう中庭で淹れることにする。ダイニングとして使われていた部屋に入って茶葉を選んで中庭に戻る。手には、祁門《キームン》の茶葉が入った缶が握られている。中国安徽《あんき》省の祁門県で採れる紅茶で、体も暖まるので良いだろう。当然のことながら特級茶葉であり、安徽紅茶と呼ばれる周辺他県のものとは明確に区分されている。

銀のスプーンを持ち、黒々とした大きな茶葉をたっぷりとすくってポットに入れる。それから、適量の矢車菊とアニスを混ぜ入れた。動作はとてもゆっくりとしている。高くかざしたティファールから湯を落とすと、器の底に勢いよくぶつかりねじれて固まっていた茶葉が徐々にほぐれてゆく。湯気と共に微《かす》かにハーブの香りが立ちのぼるが、すぐに蓋《ふた》をする。中国茶は主に香りを愉しむので、それほど分量にこだわる必要はない。しかし、ポットで淹れる場合湯の温度と茶葉の分量のバランスが重要であり、さらにはしっかりと密閉された状態で蒸すことが大切だ。この段階でミスをしてしまうと、後からどれだけ細工をしても決して完成度の高い味わいとはならない。

茶について黒鳥は、その起源である中国の陸羽《りくう》を研究することで理解を深めていた。この茶聖は『茶経』で茶の効能について説き、解毒や病の治療についても記した。自らが仕事においてそれとは真逆の使い方をしていることはさておき、この国の神秘に黒鳥は深い畏敬の念を抱かずにはおれなかった。

外で測量している佳奈に声をかける。彼女らの仕事が一段落して中庭に出る頃には飲めるだろう。杉綾《ヘリンボーン》という、魚の骨に似せた模様に敷き詰められたレンガの隙間からは雑草の新芽が出てきている。もう少し目を凝らすと、壁の際のところには昨晩の霙《みぞれ》が溶けずに残っていた。それは、自分自身の内面を見ているようでもあった。暗い情念が厳しい冬となり、それだけでは飽き足らず四月になってもまだ冷たい霙を降らせている。壁の外からは、クヌギやナラの木々の枝葉を行き交うウグイスの歌い上げるような鳴き声が聞こえてくる。このような自然の観察に耽る安寧の時を、恒久的に得ることは可能であろうか。また、それは許されることであろうか。

甘く粉っぽい、麝香《じゃこう》のような香りがポットから漏れ出ている。深みのある美しい青紫色の放射状に広がる花びらから放たれる矢車菊の香り——

＊

午前中の聞き取りで大方の要望は頭に入っていた。どの部屋も自由に見て良いと言われていたので、蘭は空間の把握を最優先にすべての部屋を観察する。部屋の中のそれぞれの場所に佇んでみていろいろな角度から眺める。二人分の家具が揃っているので、以前はパートナーがいたのかもしれない。

依頼主が仕事の場としていたという部屋はアトリエのような雰囲気がある。北向きに窓があり、一日のうちで光量ができるだけ一定に保たれるよう気を使っていることがうかがえた。沈思黙考し、自らの精神の働きの最も深い源泉へ降りていくのに最良の空間だ。コの字の三辺のヴォリュームにはそれぞれ片流れの屋根がかけられている。室内は屋根の勾配そのままに木の梁を見せ、天井の高いところと低いところが混在している。変化のある、奥行きを感じさせる空間だ。棚が多いが、鍵のかかっているところは開けないよう佳奈には言ってある。そして、この家の最も特筆すべきは中庭だ。木々に囲まれた湖のそばに、そっと置くようにしてレンガの家を配置した設計者の力量に蘭は感服する。構図の完璧な絵を描くように、湖の中心に焦点をあて、それに合わせて建物の幅角度は注意深く調整されていた。後から手を加える者があまり細かく手直しすると、取り返しのつかない結果を招くように思われる。施主本人が言うように、色褪せた独特の美しさが失われてしまう。内装や設備などそれら現代的な生活に必要な最小限のものを刷新する他はできるだけ控えめな処理を施さなくてはならない。そうすることで、元の美しく朽ちた状態を保つことができる。だが、それだけではない。何か違和感があった。部屋に滞留する空気に異様なものを感じる。まるで無数に塗り重ねられた絵の具が画布の上でうねりながら空間に歪《ゆが》みを生じさせるゴッホの描く肖像画を観ているような気分に陥った。この家は心地良いだけの場所ではない。

「躯体はまだ生きてる」悠太が部屋に入ってくる。

「ええ」

「何だこれ?」そう言って机の上に置かれたノートをぱらぱらとめくった。

「やめなさいよ、そんなこと」

子供に叱るようなことをいつまで経っても言わせるのは昔から変わらない。

「変な記号ばっかりだな」

そう言われて遠目に見ると、六角形や線の連なりに数字や記号が丁寧に書き込まれていた。図なのか何かの数式なのか見当もつかないもので、どのページもそれらでびっしりと埋め尽くされている。もちろん悠太にも理解できるものではない。

「元に戻して」

おそらく何か学術的なものであろうが、自分たちが理解できないものをそれ以上見ていても仕方がない。世の中には見なくても良いものや知らなくても良いことがいくらでもある。

「お茶を用意して下さったそうです」佳奈が知らせに来た。

一同は中庭に会した。

「大体の特徴はつかめました」

「ありがとうございます。ひとつ言い忘れていたのですが、この中庭にガラス屋根を架けることはできますか?」

「梁の支持の仕方に工夫が要りますが、問題ないでしょう。今朝の段階では、庭について何も仰っていませんでしたね」

郵便はがき

適宜な
切手をお貼り
下さい

〒101-0064

東京都千代田区
神田猿楽町2-5-9
青野ビル

（株）**未知谷**行

ふりがな	お齢
ご芳名	
E-mail	男

ご住所　〒　Tel.　-　-

ご職業	ご購読新聞・雑誌

愛読者カード

ご購読ありがとうございます。誠にお手数とは存じますが、アンケートにご協力下さい。貴方様の貴重なご意見ご感想を賜わり、今後の出版活動の資料として活用させて頂きます。

本書の書名

お買い上げ書店名

本書の刊行をどのようにしてお知りになりましたか?

書店で見て　広告を見て　書評を見て　知人の紹介　その他

本書についてのご感想をお聞かせ下さい。

ご希望の方には新刊書のご案内をさせて頂きます。　要　不要

通信欄(ご注文も承ります)

「ええ、ここに坐っていて思いつきました。ガラス屋根があれば冬でも太陽光が降りそそいで暖かいでしょう。こうやって気持ち良く過ごすこともできる」

「良いアイデアだと思います」

未亜は屋根を架けることには反対していた。

「屋根があったら暖房器具を置くでしょう？　そしたらあなた、こうやって一緒にくっついてくれないじゃない」

冬の寒い日でも、二人は中庭で身を寄せ合いながら茶を飲んだ。この小さな空間こそが唯一自分たちにとって日の当たる場所と言って良かった。安心して世界を閉じ、そして感じることのできる場所。

「開閉式にすることは？」

「少々コストはかかりますが、可能です」

「では、そのようにお願いします」

施主はポットの蓋《ふた》を持ち上げ鼻元に近づけた。香りに厚みが出ていることを確認してそれぞれのティーカップに注ぎ入れる。丸い底面に当たり明るい赤褐色の液体で容器が満たされていく。祁門香と呼ばれる蘭の花のような香りが立ちのぼった。矢車菊とアニスが華やかな香りを支えている。

「わあ、いい香り！」佳奈が讃嘆の声を上げる。

「熱いので、気をつけて飲んでください」

普段中国茶など飲まない建築関係者たちは、世界三大銘茶の一つと呼ばれる茶を恐る恐るそっと口に含んだ。

「美味しい」蘭も声を上げる。「これは、どういうお茶ですか?」

「中国の祁門という地方で採れるお茶に、いくつかのハーブをブレンドしたものです」

「すごい、飲んだ後も、鼻の奥に匂いが昇ってくる。お店を出せば、売れそうですね」

「そのつもりはありませんが、調合することには慣れています」

実際、毒物を作り出す時には花や種子といった自然物を使うことが多い。それらは得てして人工的な劇物よりもはるかに恐ろしい殺害能力を持つ。そして、この自然界を味方につける手法こそが他の凡庸な犯罪者と黒鳥の違いであった。あらゆる人工物は身のまわりに当たり前に存在する自然物を元に作られる。硬いガラスは珪砂に石灰を加えることで生成され、たったひとつの分子で細胞全体を殺すことができる猛毒のリシンはトウゴマという極めてありきたりな植物に含まれている。

「私にも、こんな素敵なブレンドができるでしょうか?」

佳奈は、好奇心を隠し切れないようだ。

「もちろんです。産地など、茶葉の基本的な知識を身につけてしまえば、あとは実際にたくさん飲んで味や香りを覚えると自由にアレンジできますよ。ただ……」

「ただ？」

「自然界には、毒が含まれるものも多いので気をつけて下さい。例えば、そこに生えている木ですが」そう言って庭の隅に植わっている木を指さす。「あのブルーベリーそっくりな姿をしたドクウツギの実を誤って口に含むと、ものの二、三十分で中毒症状が現れます。それから錯乱して走りだす。気のふれたようなその姿は、周囲の者に恐怖を与えます」

佳奈が怖がっているのが分かる。犠牲者の顔によく見られる表情だ。

「失礼、怖がらせるつもりでは」一応、そう言い添えておくことにする。

「いえ……、大丈夫です」


「そろそろ私たちは失礼します」十分に茶を楽しんでから、蘭が言う。

「プランが楽しみだ。ああ、それからもうひとつ……」

これも言うべきか迷ったが、どのみち伝えることになるので言っておくことにする。

「パニックルームを、この家のどこかに造ることはできますか？」

昨晩のことを考えると、これからはより強固な避難場所が必要になるだろう。

「どこまで本格的なものを望まれているかにもよりますが、できると思います。以前、地元のある政治家のお宅で設置しました。それから、簡易なものですが、最近の事例ですと、若い研究者の家にも組み込んだことがあります」

そいつはもう死んだ。そう教えてやりたい気持ちに駆られた。蘭はなぜそのような部屋が必要になるのか聞かない。これまでにも特殊な仕様を望む施主はたくさんいた。

「この家だと、ガレージの横が良いと思います。あるいは、地下室か」

「どうして、この家に地下室があると分かるのですか?」

「アトリエの、アトリエという言い方でよろしかったでしょうか、あの部屋の床から、とても目立たない位置でしたが、給気のための配管が立ち上がっていました。あれは下の階に、新鮮な空気を供給するためのものです」

「さすがだ。これでは隠し事はできないな。いずれにしても、パニックルームはあなたの言うように、ガレージの横が良いでしょう。仮に不審な人物が訪問してきたとして、ここは街中ではないから森の中に逃げ込むこともできますが、できれば車を使いたい」

「承知しました。私も一つ聞いておきたいことが」

「何でしょう?」

「あの部屋、アトリエのことですが、あそこに特殊な設備を入れることはありますか?」

蘭は奇妙な空気の揺らぎを感じた時、その動きが生み出す決まった方向性を持たない気流のようなものに不吉な匂いを嗅ぎ取っていた。死の匂いとでも言おうか。それはどこからか運ばれてきていた。そして、その匂いを処理する機械のような何かが存在しなければならない気がしたのだ。少しの沈黙があった。

「特別な設備はありません。特殊な用途の機械についても同様です」

〝特別な設備〟や〝特殊な用途の機械〟は必要ない、そう言えば十分だろう。殺し屋はその点について明確に回答した。それは本当のことだった。黒鳥の仕事場ではごく限られた種類の道具が必要とされるだけだ。容赦なく人を殺す毒物がここで生み出されるという事実が意外に思えてくるほどに。それにしてもこの洞察力は一体どこから生まれるのであろうか。単に建築家という職能以上のものであることは確かだ。黒鳥にはそれが何に由来するのか分かるような気がする。この建築家は落ち着いた物腰で余裕のある笑みを浮かべ、丁寧に施主とその家に接しているように見える。技術と感性《センス》も申し分ない。ただ、それら優れた見かけの皮を一枚剥いでしまえばまったく反対の性質のものが潜んでいるはずだ。もっとおどおどして、いつも相手の機嫌を窺《うかが》っている臆病な何かが。

「蘭さん」帰り支度で、他の二人が離れている隙に声をかける。

「何でしょうか?」

「こんなことを言うとお気を悪くするかもしれませんが、あなたはもしかして家否、家にまつわることを考えるのが、本当は苦手なのではないでしょうか」口にしたことを後悔した。

「そうかもしれません」

「立ち入ったことを聞いてすみません」

「私は、施主の依頼を受けて、その人の生活を今より快適にしたり、不満を取り除いたりするために仕事をして、実際、それはある程度うまくいっているように思います。なかにはご自身の、あるいは、そのご家族までも含めた方々の人生が再生されたと仰って下さる方もいます。ですが、ある時気づいたのです。今あなたが言葉にされたことに。もちろん悠太を初め、矢花家のみんなにはとても良くしてもらっていますし、今では本当の家族だと思っています」

「それでも、どうしても分からないと」

「はい、もしかしたら自分は、この仕事に携わる資格がないのではと思うこともあります」

「あなたが、正直に自分と向き合える人で良かった」

――それができなかったから、俺は今こんな人生を歩んでいる。


自慢の油圧式サスペンションを駆使して未舗装の道を進むシトロエンを見送った。再び椅子に腰かけ、庭に佇む。それにしても、矢花蘭という建築家はなかなか興味深い人物だ。胸ポケットから、今朝受け取った名刺を取り出す。

――またか。

名刺と一緒に紙切れが出てきた。アルファベットと数字が印字されている。あのＵＳＢのパスワードだろう。まさか、これから殺そうという相手に二回も隙を見せていたとは。そうだ、確かにあいつはこう言っていた。「すべて消えてなくなってしまえば良い。コインのように」

――計算ずくだったということか。

唇を歪め苦笑いを浮かべた。確かに、秘密を俺に託すならパスワードも一緒でなければならない。それを別々の場所に仕込んでリスクを分散するとは念入りな奴だ。この文字の羅列も随分と長い。

またしても、田中が残したものをどうすべきか考える羽目になった。両方とも自分に預けられたものではあるが、だからといってＵＳＢを取り返す義務まではない。殺したからといって、それ以外のことにまで責任を負うという理屈はおかしい。だがパスワードが存在するとなると、俺を襲った奴はまた接触してくるだろう。そして、今のところそいつが誰なのかは分からない。つまり何かの局面で有利な位置に立つために、この紙切れが役に立つかもしれないということだ。それにしてもつくづく迷惑な話だ。死んだ相手では文句のつけようもないのがさらに馬鹿馬鹿しい。啜り泣くように鳩が鳴いている。壁で囲われた保護された世界の外から聞こえる。いつからだろう。ウグイスはもういない。俺が気づかなかっただけで、鳩はずっと鳴いていたのだろうか。舞台の大道具の陰で鳴らされる不穏な通奏低音のように。

黒鳥は、紙切れをポケットに仕舞った。

*

ツボクサとニワトコの葉は過去の記憶を呼び覚ます。龍井茶《ロンジン》と呼ばれる中国の緑茶と一緒に抽出して飲むと、たゆたうような大きな船に揺られているような感覚に身を包まれた。既に客が帰った後のリビングは静まり返っている。不気味な鳩の鳴き声も、風で枝葉が擦れあう音も聞こえない。


思い出される事といえば、未亜と過ごした四月の出来事ばかりだ。

「私、犬を飼いたいの」

「要らない」

「どうして」

「警察犬を思い出す」

「可愛い子にすればいいじゃない、ビーグル犬とか。警察犬とは似ても似つかないわよ」

未亜は、欲しいものをなかなか諦めない。

「だめだ」

「もう名前も考えてあるの。『ネイト』よ。もちろんオス」

「どうせまたプリンスの歌詞に出てくるんだろ?」

「そう。それに、ここはミネアポリスに似てるでしょ。自然が豊かで、湖がたくさんあって」

稀代の芸術家の怪しげなファンクミュージックが、生涯にわたってミネソタ州東部の田舎町から生み出されたのは事実だが、ここはもっと繊細な詩情に訴えかけてくる場所だ。

「とにかく、俺は生活に決まったリズムを持たない。依頼があれば、数日家を空けることもある。犬なんて無理だな」

私が留守番するからいいじゃない、未亜はそう言いたかったのかもしれない。おそらく、理解するにはもう遅いが。こうやってすれ違い、それが重なってよく分からない奇妙な関係に陥ってしまった。多くの時間を一緒に過ごしながら、未亜の手の届かないところに自らの身を置いた。それでも捕まえられそうになったらまた身を翻して別のところに居場所を見つける。そんなことを繰り返していた。毒殺者の黒鳥とその成分の供給者である未亜、二人は同じ穴の狢《むじな》であり生活を共にするということは自然なことであるかもしれないというのに。


「プリンスもフェンタニルで死んだのよ」

「どうしてそんなものが必要だったんだ?」

「腰痛に耐えられなかったの。確かに、ステージに立つたびにハイヒールを履いて踊っていたら腰を痛めるわよね」

「それは正気の沙汰じゃないな」

「背が低いから、それがコンプレックスだったのよ。良かったわね、あなたは背が高くて。でもそれ以外は、あなたってプリンスみたいよ。あらゆる楽器を弾きこなすように、いろいろな花や鉱物を使って、誰にも思いつかない、まったく新規の恐ろしい毒薬を作りだすんだもの」

時に人生に対するとても力強いメッセージを歌詞に込めるアーティストと、犠牲者を絶望の淵に叩き落とす殺し屋では想像力の使い方が真逆だが、それはそのとおりだった。地下の収蔵庫には、絶え間ない実験の結果生まれた膨大な量の混成された毒薬と、そのレシピが隠されている。黒鳥オリジナルの毒薬はまだ実際の殺害現場で使われたことのないものも多いが、すぐにでも取り出せる状態に保たれていた。閉ざされたエレベーターの中で独り死んでいるところを発見された天才も、いつでも発表できる数千曲の音源をスタジオに保管していた。

思うに、俺はあと三百種類もの薬物を考案し実際にそれを仕事に使うことができるだろう。だが、その中でも真に有用な毒薬はせいぜい三種類ほどだ。人生を、生活を捧げてそのような事にエネルギーを費やすのは犯罪的と言える――実際に犯罪なのだが――のではないか。

いずれすべての成分は溶けてひとつの透明な鎖となる。それは螺旋を描きながら滴り落ち、消え去る運命にある。

――もし思い通りにできるのなら、俺は砂時計をもう一度逆さまに置きなおすだろう。

スマートフォンを手に取り、メールを打った。

矢花蘭さま

本日は、急な訪問であるにも拘《かかわ》らず、ご対応頂きありがとうございました。

既にプランに取り掛かっておられるかもしれませんが、変更をお願いします。大きな変更ということになるかもしれません。

以下に記しますので、ご一読下さい。その上で、蘭さんの考える、良い設計に仕上げて頂ければ、それでけっこうです。ラフプランができた段階で、メールで送って頂けると幸いです。宜しくお願いします。


続けて、変更箇所にあたる内容を記す。最後にもう一度文章を読みなおしてから、送信ボタンを押した。最初の要望と違って随分と建築家の裁量に委ねる内容になっている。それで良い。黒鳥は建築家を信頼していた。十分に満足のいく計画となることに疑いの余地はない。

＊

山奥の中庭のある家から戻ると、十六時をまわっていた。三人は事務所の打合せテーブルに腰かけている。佳奈がコーヒーを淹れてくれた。いつも飲んでいるもので不味くはないが、昼下がりの中庭で飲んだ茶に比べると風味に乏しい。それに、余韻としてまだ微かに鼻の奥に残っていた香りが濃い茶色の液体で上書きされて台無しになってしまった。

「変わった施主だな。結局、職業も分からずじまいだし」

「そうね、でも気前よく設計料を払ってくれるし、工事もしっかりやれば、支払いについて心配することはなさそうよ」蘭は工事予算を悠太に伝えた。

「そんなにかよ。すげえな、まだ俺たちと同じくらいの歳だろ？　何か悪いことでもやってんじゃねえか」

その時、玄関の扉を開ける音がした。すぐに佳奈が席を立ち、応対に出る。

「蘭さん、ちょっと……」

戻ってきた佳奈は怪訝な表情を浮かべている。

「どうしたの？」

「警察の方がお見えです、刑事さんだとか」

「警察？」

悠太がびくついた。最近は悪さをした覚えなどないが、やはり警察と聞くと嫌な汗が出る。

「お通しして」

「じゃあ俺はそろそろ行こうかな、打合せの準備があるんだよ。今日の現場写真のデータはフォルダに入れといたから」

「分かった。ありがとう」

返事も待たずに悠太はそそくさとガレージに出てバンに乗りこんでしまった。

小林は少し緊張しながら入室した。机の上は整然としており、漆喰仕上げの壁はしっとりと柔らかい風合いだ。あちこちに雑な走り書きのメモが貼り付けられている署の雰囲気とはまったく違う。これまで建築設計事務所などには縁がなかったし、それは仕事でも同様だった。不審な車に関する通報を受けなければ訪れることはまずなかっただろう。それに建築事務所の人間というと、どうもお堅い先生のようなイメージがある。あまり関わりたくない人種だ。だが部屋に案内されて蘭の顔を見た瞬間その印象は吹き飛んだ。まず若い女であるということに、自分の固定観念が原因でしかないとはいえ、驚かされた。昨晩、結衣という極上の女を抱いたばかりだったが、目の前のこの建築家も素晴らしい美貌の持ち主だ。一目惚れしたと言って良い。あやうく仕事であることを忘れそうになるのをどうにか踏みとどまり自己紹介する。

「お仕事中、失礼します。兵庫県警捜査第一課の小林です」そう言って警察手帳を見せる。女は皆、公務員という肩書きに弱いという、これも勝手な思い込み——何度か良い思いをしたことがあるとはいえ——に基づいた、自信たっぷりの様子で。

「矢花です」蘭は特に興味を示さない。

「ご近所から通報があったので、聞き取りにご協力頂けますか?」

「ええ、もちろんです。どういったことでしょうか?」そう言って椅子を薦めた。

「黒の大型セダン、レクサスLSが、今朝こちらの建物に面した道路に停まっていました。少し離れてはいたのですが、黒塗りで、少々いかつい印象だったようです。ご覧になりましたか?」

「いえ、見ていません」

今朝は突然訪問してきた謎めいた施主のGT-Rしか見ていない。現地調査に出かけるまでは外出していないし、午後に出かけた時にはそのような車は停まっていなかったはずだ。

「佳奈ちゃんはどお？」

「たぶん見ていないと思います。車にあまり興味がない私でも、黒塗りのセダンが停まっていたら目を引くと思うのですが、記憶にありません」

建物が古く車の走る音が室内まで聞こえてくるということで、事務所を開設する時に窓を遮音タイプのサッシに変更している。大型トラックでもなければ走行音に気をとられることもない。それに、レクサスなら音はとても静かなはずだ。

「何かあったんですか？」

「昨晩、近くの埠頭で殺人事件が発生したので、不審な人物や車について、我々も注意して情報を集めているところです」

「殺人だなんて、怖いですね」

「関連はないと思われますが、現場から近かったので念のためです。実際、世の中のほとんどの通報は、何でもないことです。平日に休みをとる中年のサラリーマンが、近所を散歩しているだけで不審者扱いされたり。行き過ぎた監視というのも考えものです」

「そうでしたか。それに、ＬＳだったら高級車だけど、たくさん走っているから、いくらでも目撃者はいるでしょうね」

ガラスの向こう側に鎮座する希少なフランス車を横目に蘭は言った。

「確かに。質問は以上です。お仕事の邪魔をしてすみませんでした」

「いえ、お勤めご苦労様です。でも、もしかしてその車、この近所に用があったというより、この辺りに立ち寄った人物を監視していたとは考えられないでしょうか？　私がこんなことを言うのは差し出がましいかもしれませんが」

「あっ、なるほど！」

「そうであるならば……」

蘭が刑事を誘導する。もちろんGT-Rに乗って現れた男のことなど言わない。謎めいたというだけで事件の関係者のように扱うのは気が引けるし、そもそもおかしい。まずは警察にしっかり調査してもらうのが筋だろう。一方小林の方はというと、あまり込み入ったことを考えるのは得意でないその頭の中で何かがつながりつつあるようだった。だが、どうしてもうまくまとまらない上に興奮してしまっている。ただでさえ蘭に出会ってのぼせ上がり、心ここにあらずだった。その不審な車が昨晩倉庫から飛び出してきたGT-Rを追っていたかもしれないなどとは、想像もつかない。これではどちらが刑事か分からない。そんな小林を、蘭はからかうような面持ちで、面白そうに見ていた。

「不審者を見かけたら〝ぜひ〟私まで連絡を下されば結構です」まずは落ち着かなくてはならない。それだけは分かっているようだ。一旦切り上げるために、名刺を差し出した。

「ええ、不審者がいれば、その時は」

他意はないが、刑事の一方的な期待は高まる。

「設計士の方にこんなことを言うのは失礼かもしれませんが、最近は、住人が自宅にいることを知ったうえで狙う犯罪が増えているので気をつけて下さい。日本の家は、三匹のこぶたでいうところの、ワラや木の枝でできた家ばかりと聞いたことがあります。それでは、悪いオオカミが来たら、ひとたまりもなく食べられてしまいますので」

何の話をしているのだ俺は。気を引こうとすればするほど支離滅裂な会話しかできない。

「確かにそうかもしれません。でも刑事さんが守って下さるんでしょう？　それに、オオカミと言えば、赤ずきんにでてくるオオカミを忘れるわけにはいかないんじゃないかしら。大抵の女なら、そっちの方が気になると思いますけど」

「いや、これは手厳しい。でも、あれはそもそも赤ずきんが年頃の女になって、男の気をひくために真っ赤なマントを見せびらかしていたからですよね？　いずれにしても、気をつけた方が良い。あなたにその気があろうとなかろうと、狙いをつける悪い男はいます」

「刑事さんだったら、どうしようかしら」

「いえ、そんな、決して他意があって言っているわけでは……、とにかく、何かあれば駆けつけますので、いつでも連絡下さい。それでは、私は失礼します」

小林を見送るとすぐに佳奈が寄ってきた。

「かっこいい刑事さんでしたね。背も高いし、筋肉もすごそう」

シルバーの捜査用車両が去っていくのを見計らったように悠太も戻ってきた。

「何だったんだ？」

「不審な車だって」

「何だそんなことか、俺は気づかなかったな」

「それより、すごいかっこいいんですよ刑事さん。もちろん蘭さんは興味ないですよね？」

「ええ、全然興味ないわ」

それでも、なかなか可愛げのある男だとは思う。

「だめですよ、蘭さん。今度あの刑事さんが来たら、私が応対しますから」

「それで良いんじゃないかしら」

「なんか微妙な言い方だな」

悠太は茶化すように言うが、それよりも別のことが気になっていた。新しい施主が黒塗りのセダンに関係があるかもしれないと。蘭はどう考えているのだろうか。常にこの設計士の考えを汲み取り、先回りして工事の段取りや細部の納め方を考えておく習慣がついている。日常的なことも含めて、細々としたことは意外と自分の方が気がつくとさえ思っていた。

蘭は静かにじっくりと物事を考えることのできる女だった。だから、物事の本質についての洞察は悠太よりも得意だ。そのことを自覚しているからこそ、安心してプランニングを任せることができたし自分もサポートに徹することができた。そして、蘭の考えていること感じていることは手に取るように分かった。設計士と現場監督。発想力で生きる人間と、その人物をサポートする現実世界の番人、そういう関係だ。ポワロとヘイスティングスみたいだな。小さな頃から、テレビでこのコンビが活躍するドラマを観る度になんとなく意識してきた。大人になって一緒に仕事をするようになると、それぞれの個性はより顕著になり、今ではお互いにその役回りをはっきりと意識していた。それなら佳奈をミス・レモンにしてやってもいいか。

蘭はいつも通りの平坦な表情をしている。できるだけ自分を奥まったところに置いておきたいのだ。それは、音のない深い海の底からはるか上方の海面を見上げて、そこで起こる事のすべてを観察するような世界との向き合い方だった。注意深く人間と世界を見るいつもの蘭がそこにいた。

「そういえば、うちの施主でも事件に巻き込まれた人がいたな。安井さん、市議会議員の」

「ええ」

「どういうことですか?」

「まだお前が来る前の話だから知らないかもしれないけど、以前、蘭が設計したマンションの一室に、うちの施工でパニックルームを設置したことがあるんだ。まあ、金持ちが作りたがるシェルターみたいなもんだな。その密室で殺人事件が起きたんだよ」

「その事件なら知ってます。私がまだ丹波市から大学に通ってた頃に、ネット記事で読みました。ミステリー小説みたいだなって思った記憶があります。たしかまだ若い議員さんで、すごく期待されていたような。犯人は捕まったんですよね？」

「一応な、でもそれまでが大変だったんだよ。死因が、照明を点けた際の感電っていうのは分かってたんだけど、なぜ安全なはずのパニックルームで、しかもその部屋のことを一番よく知っているはずの人物が、そんな死に方をするのか、誰にも分からなかったんだよな。それで、警察は単なる事故死ってことで処理したんだけど、それが逆に蘭の設計や俺らの施工が悪いんじゃないかって話になってしまって、遺族から責められて騒ぎになったんだ」

「そうだったわね」

「正直、俺は事を荒立てたくなかったから賠償責任のことも考えていたんだけど、蘭は絶対ミスじゃないって言い張るから、それだったら、お前が納得いくまで考えてみろって話になって、放っておいたんだ」

すると、二、三日後に蘭は施工後に安井が自らバルコニーに設置した太陽光蓄電池の配線を調べたいと言いだした。遺族の許可をとって二人で調査に行くと、蘭の読みは当たっていた。パニックルームに入ってすぐに点ける位置にある照明スイッチが、信号架構技術により細工されていたのだ。「それで、照明を点けた瞬間に、外でたっぷり溜め込まれた電気が一気に逆流して、安井さんは一溜まりもなく死んでしまったっていう訳だ」

そこから事態は一気に進展した。元々関係の冷え切っていた夫の度重なる浮気に嫌気がさした妻が遺産を独り占めするために、事故死に見せかけて始末するのが一番手っ取り早いと考えたことによる犯行とされた。

「それ以前は、旦那の浮気につけ込んで離婚を優位に進めようとしてたらしいけど、結局は奥さんも浮気してて、さらにその相手とはダブル不倫の関係だったと。世も末だぜ」

「リノベーションの仕事は、施主の良いところだけじゃなくて、悪い部分も見えてしまって怖いですよね」まだそのような経験もない佳奈が、分かったようなことを言う。

「それにしてもお前、どうやってあのトリックを見破ったんだ？」

「どうもなにも、勘よ。ひらめきというか、何時間も必死になって考えていたら、そのうちに、ふと降りてくるの」

「建築家も、人知れず苦労してるってわけだな」

「ただ分からないのが、結局あの奥さん、最後まで自分の罪を認めなかったのよね。それが今でも気になるの」

「そういえばそうだったな。俺らが仕事で関わっていた時は、表向きはすごく仲も良さそうだったし、実際、理想的な夫婦だなとか言ってたんだけど。少なくとも、殺害するほどの恨みを持っているようには見えなかったから驚いたというか」

「でも、さっきのネット記事の記憶ですけど、旦那さんもけっこう面倒臭そうな人でしたよ。市の方針にすごく盾突いてたみたいで」

「ああ、そうだ、あの何とかっていう薬、フェンタ……」

「フェンタニルですよね、末期癌《がん》の痛みも和らげてくれるっていう」

そしてその効果は深刻な中毒性の被害を患者にもたらす。

「そう、その薬品を認可する方針の市と対立しているって話が、当時はあった。結果的に、慢性疼痛の医薬品適用を受けたことで、大量の粗悪品が麻薬として出まわったんだ。あれ以来だな、日本でオピオイド危機が起こったのは」

「そのくらいにしときなさい。この仕事をしていると、いろいろな施主に会うから、面白い話を聞いたり、経験もできるけど、だからといって何から何まで知る必要はないのよ」

施主の個人的な事情に深入りし過ぎるのは禁物だ。蘭は二人に釘を刺した。

リノベーションの仕事をしていると、そこで触れるのは様々な施主の生活や生い立ち、そしてその人物が抱えている悩みだ。それは家に関することにとどまらない。建築家はそれを解決するために呼ばれる。建築以外の問題とは、健康、人間関係、相続など多岐に渡る。それらすべてが詳しい説明付きで蘭に伝えられることもあれば、意図せずにまるで目に見えない秘密の手紙のように建築家の心に届けられることもあった。蘭はそれを丁寧に読み取り、同じく見えない手紙で返事を出す。設計時のプランニング、仕様決め、ディテールの納め方などで表現して。そのことに相手が気づくのは、住み始めてから数週間後かもしれないし、数年後否、数十年後かもしれなかった。ただ、そういった秘密のメッセージが家のどこかに潜んでいるという気配を感じながら施主は改装後の生活を送る。大方はそれで充分だった。だが残念なことに、そのような施主との幸せな関係を成就できないこともある。過去には、工事期間中に通り魔にナイフで刺されて死んだ若い施主もいれば、引渡しの翌日、楽しみにしていた書斎で読書しようと本を開いた瞬間に意識を失いそのまま帰らぬ人となった初老の施主もいた。

そんな時に、簡単な推理で犯人を言い当てたこともある。具体的な検証はいつも悠太が手伝ってくれた。そういった推理ができたのも、施主の人生に深く入り込んで、数ヶ月の間、共にひとつの空間を造りあげることに心血を注いできたからだろう。

今朝、突然目の前に現れた新しい施主はどうだろうか。深い交わりをもつことは可能であろうか？ 親密で、それでいて心地よい緊張を有する関係を。

「ま、今朝の施主に比べたら、今までの施主はまだまともというか、分かり易かったよな」

「でも、要望ははっきりしてるし、センスも良さそうだから、私たちも頑張り甲斐があるんじゃない。さっそくだけど佳奈ちゃん、現況図をまとめてくれる、急ぎよ」

「はい、分かりました」

「できあがったらメールで送って頂戴。今晩プランを考えたいから。それが終わったら、今日は早めに帰ってね。現場調査で疲れたでしょうし」

6　カーチェイス

淡い紫色のシーツの上でふたつの体が折り重なっている。白く柔らかい肌は部屋の明かりを周囲に反射させ、同時に影絵のような奇妙な動きを壁に投射している。

仕事が終わると、自宅として使っている事務所の上階で潤子と落ち合った。ワインとそれに合わせた軽い食事——二人は、サラミやチーズの盛り合わせといった簡単なものを好んでいた——を摂《と》ってから、ベッドに入った。

「珍しいわね」

大きめに巻かれた長い黒髪が顔に垂れかかるのを手で払う。喘ぎ声に僅かな変調を認めたのだ。白魚の身のように透きとおった女の肌がざらついた鱗で覆われたように感じる。

「何が？」

「あまり濡れてない」

「そんなことないでしょ」

「私以外に女ができたの？」

「まさか」

潤子は蘭に勝るとも劣らない美しい顔に、冷たい笑みを浮かべている。

小林との会話について考えていた、などと言えるはずもない。三匹のこぶたの話が頭から離れなかった。それは嫌でも自らの生い立ちに思いを巡らせるよう仕向ける。ワラの家ですらない赤ちゃんポストという小さな箱について。そしてその後の、どこか周囲に対してよそよそしい態度で生きてきた自分自身に。もちろんポスト出身であることから、福祉課など行政の関係者に会ったり彼らが家を訪ねてくるということには慣れていたので、警察が来たからといって驚きもしなければ気持ちが昂るということもない。ただ公権力に見守られているという感覚が小さい頃の記憶を呼び覚まし、何かに縋《すが》りたいという気持ちを思い出させはしたかもしれない。

——でも、それだけじゃない。

確かに小林は自分に好意を示す言動を見せていたが、そんな男はこれまでにもたくさんいた。まったく興味を示さない蘭に男たちもすぐに諦めて去っていった。どこか孤高な雰囲気を纏《まと》う女流建築家はそのようにあしらうことに慣れてもいる。あえなく去ることになった男たちは皆、教養があり会話も洗練されていた。小林にそのような器用さはない。その代わり、相手についていけず振り落とされそうになってもぎりぎりのところで踏みとどまれる粘りと機微のようなものがある。それに何より赤ずきんを狙う悪いオオカミのような野性味があった。男らしさというのだろうか、自分がまだ知らない性の匂いを感じた。未知の世界に対するくぐもった情念のようなものが快楽への没頭に乱れをきたしていたのだった。

潤子の目に妖しい光が宿る。幼馴染みの女は、大学を卒業した後、蘭と対照的なキャリアを歩んできた。大手ゼネコンに就職し、希望した通りの設計職に就いている。公共施設など大規模な建築物の設計にチームの一員として参加し、多くのプロジェクトを推進してきた。自分は、住宅設計といった一人の人間一つの家族に真剣に向き合う仕事には向いていないことがよく分かっていた。蘭のように個人の才能と才覚が生かされる職場でもない。激務で社内の人間関係は希薄であるが実入りは良いという点においても違った。決して多いとは言えないが、スタッフの財布には常に不自由しないだけの金が入っていることで良しとし、蘭は時間を自由に使いながら生きている。だが、常にお互いを必要とするという関係性は中学生の時に出会って以来これまでどおり変わりはなく、またそうあるべきだと考えていた。今その秩序が乱されようとしている。

微妙な変化に触れて残忍な気持ちが芽生えた。蘭が自分を押しのけて新しい世界を知るなど耐えられない。それは本心であり、その感情の出どころは、蘭への愛に新たに加わった嫉妬心だった。相手が何かに目覚めつつあるのであれば、持てる技巧を駆使してでもその核の部分を探しだし殺してしまうべきだ。それが例え、曖昧な形をとり始めたばかりのまだ生まれもしない胎児のようなものであったとしても。否、そうであるが故に今のうちに抑え込んでしまわなければならないのだ。

蘭の敏感な部位は熟知している。むしろ何年もかけて潤子のやりやすいように調教してきた。自分自身では調律することはできず複雑な構造をよく知った専門家が必要となるピアノを扱うように潤子は自在であった。繊細で規則的な指先と舌の動きが柔らかく湿った部分をさらに濡らす。液体は流れる道を求めあふれ出た。すべてはあまりに滑《なめ》らかで秘密めいていた。絵画の修復作業を行うような慎重さで形の良い乳房に触れる。その指の動きは、閉め切ったアトリエで細心の注意を払いながらそっと比類なき正確さをもって画布に絵具をのせていく職人の筆の運びを思わせた。血管が透けて見えるほどに白い肌は、ネックレスとピアスに嵌めこまれたダイヤモンドと真珠の反射でさらに艶めいた。

「もっとして」はかなげな吐息が、蘭の口から漏れる。

女同士の性交においてその最も優れた美質として挙げられる点と言えば、互いに際限がないということだ。得られる快楽は深く大きい。ねっとりとまとわりつくような感触を、ふたりで最大限分け合ってきた。互いを一滴残らず飲み干してきた。知り尽くされた弱い部分を執拗に攻められるうちに、熱を帯びた蘭の全身は今や桜の花びらのようにうっすらと桃色がかっている。潤子は、注意深く蘭の悶える姿を観察している。導かれるままに波打ち痙攣する体を両腕を持って押さえつけ、何度も高みへと至らせた。

——もしも蘭が、本当は同性愛者でなかったら。

そんな疑念を心の中で繰り返しながら。真正のレズビアンである自分に対して、相手が生まれつき自分と同じ性的指向を有しているのかどうか、それははっきりと確かめるべきことであった。

「他の男のことなんて、私が忘れさせてあげる」

そう耳元で囁《ささや》いてからかたちの良い唇を塞いだ。熱い吐息は思考を奪う。舌で指先で、全身で快楽を与え続ける。両手の爪が背中の肉に食い込んだ。ふたりは飢えた二匹の獣のように欲望の肉を何度も貪った。様々な格好で、様々なやり方で愛し合い、最後には死んだように眠ってしまった。

＊

床全体に防塵処理を施した作業場にボンネットの開いたGT-Rが鎮座している。建物はトタン板を壁に貼っただけのものだが天井は高く、無柱の空間は好きなだけ車の周囲を動きまわることができる。エンジンルームを覗き込んでいたスキンヘッドの男が顔を上げた。

「排気量を上げると、どうしても他の部分に負荷がかかるからな。今回は大したことないから、クランクシャフトのセンサーを交換すれば異音は収まる。まあ、こいつはあれだ、この車の持病みたいなもんで、遅かれ早かれ起こることだ」

レンチを手に目の前に立ちはだかる大浦剛はあまり愛想の良い人間ではない。あごひげを伸ばした強面《こわもて》の整備士は、これまで四十数年間の人生のほとんどを、なにかしらの機械と対話することに費やしてきた。だからといって人と話す事が嫌いなわけではないようなのだが。つまり、孤独な作業の合間に人と話したくなることもなくはないが、仕事の時間を削ってでも話す相手は誰でもいいというわけではない、ということらしい。そして、なぜかこの男が話し相手に選ぶのは自分と同じ不愛想な人物だということに黒鳥は気づいていた。

警察との立ちまわりのせいか、今朝、エンジンルームから微かではあるが異音がすることに気づいた。建築家との偶然の出会いがなければ、もっと早い時間に立ち寄っていただろう。

「それにしても、あんたはいつも良いタイミングで来る」依頼人が真意を測りかねているのを見透かしたうえで大男は続ける。「ほんの小さな危険を見逃さない。本来この手の旧車に乗る奴はかなりの注意力を備えておくべきだ。命にかかわる事故が起きるからな。でも実際はその逆の場合がはるかに多い。思うに、あんた虫の知らせで分かるんだろ？　これ以上、放置していたらヤバいって」整備工場には、法の力の及ばない有形無形の事象がスクラップ寸前の車と一緒に持ち込まれる。男の勘は鋭い。

「いつ頃直りそうだ？」黒鳥は、自分の聞きたいことを聞く。

「すぐだ。ついでにコンピューターも書き換えておこう。あんたの乗り方だったら、もう少しトルクを増やしておいた方が良いからな。独特の乗り方をしている。荒っぽいというわけじゃあないが、機械にとっては過酷な状況だ。それに、神戸はどこも坂道ばかりだ、トルクが増えて困ることはない」

大浦は車の状態を見るだけで、持ち主が自分の愛車をどのように運転しどんなふうに扱っているのかを見透かしてしまう。整備の内容や方針については任せておけば良い。

「ここで待たせてもらうぞ」

黒鳥はそばにあるアルミ製の椅子に腰かけた。同じく冷たい金属の丸テーブルの上には車のカスタム専門の雑誌が置かれている。大浦は整備の他にカスタマイズの世界でも名が売れており、彼の手になる改造車は「作品」と呼ばれていた。それらはしばしば車雑誌の誌面に華々しく登場しその度にこの整備士自身の素っ気ないコメントが掲載されているのだ。テーブルの上に開かれたページにも作品の一つが紹介されていた。

*

GT-Rは快調そのものだった。異音は消え、増幅されたトルクのお蔭でアクセルを少し踏み込んだだけでこの車の眠っていた力がまた新たに呼び醒まされていることが分かる。それから、大浦によるメンテナンスを受けた愛車に乗り込む誰もが感じることではあるが、明らかに車そのものの調子が整っていた。オイルや煤、それにクラッチの焼ける匂いもする。鉄の機械部品がそれぞれの役割を果たし、大きな音を立て、大量のガソリンを消費する、それらすべてのことが、手を添えるハンドルや体を支えるシートをとおして手に取るように分かるよう整備されている。やはり車はこうでなければならない。今更ながらその腕の良さに感心した。スマートフォンが震えている。及川からだ。調べものを頼んでいたことを思い出す。ハンドルを切り道路脇に車を停め、通話ボタンを押した。

「お前を襲ったのは、吐田だ」

「〝長い影〟か。初めてお目にかかるな」

「滅多に姿を現すことはないからな。俺だって顔を見たのは初めてだ。だが、お前がよこした画像の手元を見ると、確かにＳＬＡＶＥと彫ってある」

裏社会の人間で、吐田の名前を知らぬ者などいない。最先端の暗殺技術を持つ組織の実行部隊をまとめる大男。黒鳥同様毒殺にも精通し、何よりその残忍さで恐れられていた。

「そもそもお前、なぜ追われてるんだ？」

「前の仕事で面倒なことに巻き込まれたようだ。かなり入り組んだ仕掛けが施されている」

「この狭い世界の人間だから、なぜこいつが〝長い影〟なんて呼ばれているかは知ってるな」

そのような呼び名で通っているのは実際に多くの暗殺を行いながら、まだ誰もこの男の顔を知らないからだった。もちろんそれはこの暗殺者と対面する時にはそれがその者の死を意味するからなのだが。

「こいつは、お前なんかよりはるかに殺し屋としての経験があるし、手数も豊富で用心深い。

とにかく、追われる原因をなくせ」

「そういう訳にもいかないようだ」

「なぜだ?」

「あいつらが欲しがっているものは、おそらく、世界を滅ぼす力さえ持ち得る」

「それとお前がどう関係してくるんだ?」

「関係なんかないさ。それで世界がどうなろうと俺の知ったことではないしな。だから巻き込まれたと言っている。強いて挙げるなら、もう俺たちみたいな古いタイプの殺し屋は必要なくなるかもな」

「人間とAIみたいな話か?」

「そうとも言える」

「とにかく、吐田はどんな手を使ってでもお前をおびき出し、エリナに差しだすつもりだ」

おびき出す? その言葉が、恐ろしい現実を黒鳥に突きつけた。過去において、この組織のボスを見捨てた黒鳥の罪悪感が強ければ強いほど、敵の狙いは明確になる。未亜が危ない。

「ようやく俺の言っていることが分かったようだな」

「狭い世界のことだからな」

「じゃあ行け、急ぐんだ」

及川は電話を切り、真新しいイタリア製のシャツのしわを伸ばした。

＊

「ちょっとよろしいでしょうか？」

背の高い中年の男が店主に話しかけた。身形は洗練されており、にこにことても愛想が良い。店内には他に誰もいない。女は計量していた手を止めて茶葉を脇へやる。

「お茶を探しているのですが、なにぶん銘柄も何も分からなくて。でもどうしても先日、出先で振る舞ってもらったお茶が忘れられないのです。今となっては、せめて先方に名前だけでも聞いておけば良かったと思うのですがね。お恥ずかしい話ですが、そもそもお茶に名前があるということすら知らなかったのです。そういうわけで、その素晴らしい飲み物について言えるのは、中国茶であるということと、ずぶの素人である私の、ただの印象しかないということですが」男は申し訳なさそうに言う。

「どんなことでも、そのお茶の特徴を仰って頂ければ、お力になれるかもしれません」

この男のように、飲んだ茶の種類が分からないから教えて欲しいと言う客は多い。少しずつ客の言っている内容を整理し、相手が求める答えに近づけるよう、的確に応対することに未亜は慣れていた。

「それはありがたい」

「ただし、茶葉の種類が分かっても、うちの店にあるかどうかは別ですが」

「ええ、もちろん、それで結構です」

「ではまず、水色《すいしょく》は覚えていますか?」

「水色?」

「はい、お茶にはいくつか種類があり、製法によって、淹れた時の色が違うのです。例えば、紅茶は赤っぽいオレンジ色となるので、そのように呼ばれています」

「ああ、なるほど、そういうことですね。私の上司はロシア人の血が入っているので、紅茶はよく飲みます。ええ、イチゴジャムとかを合わせて」

「他にも白茶、青茶、黒茶などがあります。どんな色でしたか?」

「はい、烏龍茶のようと言いますか、かなり濃い茶色でした。それから香りは、木の焦げたような刺激を感じますが、それでいて甘い、そう、シナモンのような甘辛さとでも言いましょうか、どこか懐かしさも感じさせます」

「ふふ、説明がお上手ですね。茶を利くには、水色と香りが分かれば、おおよその見当はつきます。実際に口にふくんで味わうのは、その推測が正しいかどうかを確かめるためです」

男が言っている茶は『鳳凰単叢紅芯肉桂』という広東省潮安県鳳凰鎮で採れる青茶で間違いないだろう。肉桂とはすなわちシナモンのことだ。深めの発酵を施されたとても大きな茶葉で、濃褐色でもある。これなら今年の春物が入荷したばかりだ。

「なるほど、意外と私は利き茶のセンスがあるのかもしれませんね。いや失礼、はは、冗談ですよ、もちろん」

「それで、どんな味でしたか?」

「ええ、ひとくち口にふくむと、得も言われぬ幸福感に包まれたと言いましょうか、今まで経験したことのないような気持ちになりました。天にも昇るような気持ち、ああそうだ、味の感想でしたね。こんな無粋な男に、お茶の味など、どうやって表現したものやら……。でも、そうですね、それを飲むと、すべてを手に入れたような気分になるのです。同時に、孤独な気分を掻き立てられずにいられないとでも言いましょうか、とても不思議な味でした」

「個性的な表現ですね。でも、もう少し整理できますか?」

「はい、とにかく、今までに感じたことのない気分になったのです。それで私は思いきって、ええ、行儀の悪い男ですから、つい、茶壺というのですか、あれの蓋を持ち上げたのです。もちろん、いきなりそのような無礼を働いたので、相手の方はとても驚いていました。でも私は、今さらそんなことで遠慮なんてしません」そこで男は、大きく息を継ぐ。まるで目の前にその茶があり、その芳醇たる香りを心ゆくまで堪能しているかのように。「そうしたら、私の目に飛び込んできたのは何だと思いますか? ええ、それはお湯を吸って、溢れんばかりに壺一杯にふくらんだ、黒々として、大きな羽根のような茶葉でした。それが、私の探しているものです。もうお分かりですね?」

未亜の顔が引きつった。甲にスレイブとある男の手には注射器が握られている。

「黒鳥を襲った奴ね」

「さすがに話が早い」

いつの間にか手下が二人、吐田にかしずく影のように入口の扉の脇に控えていた。

「私には関係ないことよ」

「もちろんそうだ。だが時として人は、災厄に巻き込まれる」

カウンターの下から小型ナイフを引き出し殺し屋に切りかかった。だが次の瞬間にはナイフは取り上げられ、その手を天板の上に押し付けられていた。注射器の尖った先端が腕に押し当てられている。太いガラスの筒は人工的な黄緑色の液体で満たされていた。

「この毒薬を打ち込むと、お前は失明する。もうその目で黒鳥を見ることはできなくなるな。それから、ついでに教えておいてやるが、これは、あの男がよく使う毒だ」

「それはないわね」

「何？」

「あなたが彼と同じレベルなわけがないって言ってるの。笑わせないでよ」

「試してみるか？」

「試さなくても分かる。あの人の調合なら、間違ってもそんな汚らしい色にはならない。言ったでしょ、まずは水色だって」

「ふん、まあいいさ、俺は自分のレベルを、お前に証明するためにここに来たわけじゃないからな。俺には俺のやることがある、それだけだ」

確かに、利き茶の真似事などしても状況は変わらない。吐田は腕に力を込めた。細い手首が潰れてしまいそうなほどの激痛がはしる。大男はゆっくりと腕を持ち上げ、未亜を引き寄せる。

「さあ、一緒に来てもらうぞ」

店の前には三台の黒いレクサスが横づけされていた。まん中の車両の後部座席に押し込まれ、隣に吐田が坐る。運転席のステアリングを握る男の手にもスレイブの文字があった。隊列を組んだ車の群れは、するすると音も立てずに動きだした。

*

時刻は十六時を回っていた。危険が迫っていることを知らせるため、電話を入れるが未亜は出ない。スマートフォンは無人の店のカウンターで虚しく身を震わせる。

床面に足裏が届きそうなほどアクセルを強く踏み込む。ブースト圧が上がりターボエンジンが甲高い金属音を車内に響かせた。ギアを5速に上げるとそれは轟音となり、猛り狂う猛獣のごとくエンジンが暴れだす。一気にスピードに乗り国道を走り抜けた。

既に誰もいなくなった店内は強い匂いで満たされている。匂いの元を辿ると、カウンターの上に蓋の開いた茶缶があった。

——半天妖。

黒鳥はこの武夷岩茶を飲んだことがあった。岩韻と呼ばれる花果香の深い余韻を味わえる希少な銘品でありながら、中国では不吉とされる字が当てられる。なぜそうなのか殺し屋には分かった。

——水仙のようだ。

初めてこの茶を飲んだ時の感想だ。透明感のある甘い香りの裏に隠された毒性の匂いを嗅ぎとった。知らずに口にするとその毒により嘔吐や頭痛を引き起こし、重篤な場合には死に至る。可憐な美しさの裏に猛毒を隠し持つ水仙のように妖しい香り。未亜のメッセージを受け取った。

＊

市街地を抜け川沿いの急な坂道にさしかかる。利便性の悪さから生活道路としては誰も使わない道だ。両側一車線の左には岩石の落下を防ぐ擁壁《ようへき》が立ち上がり、右のガードレールの先には何もない。GT-Rは、快調そのものだった。本来この車のエンジンはパワーを上げると低速での力強さが失われるが、愛車はしっかり加速しパワーバンドも広かった。曲がりくねった急勾配の道を苦もなく駆け上がる。シフトチェンジのタイムラグは最小化され2速、3速と低めのギアを素早く切り替える。行き先は分かっていた。あの世界から隔絶された場所。黒鳥とエリナにとっての、忌まわしい記憶の源泉だ。泉からは未だに苦悩が溢れ出ている。そのような場所に未亜を行かせるわけにはいかない。

今や車はスピードの悪魔と化し、マフラーは澄み切った高音を響かせている。はるか上方に木々とコンクリートの擁壁の隙間から黒い車列の影が見えた。大きな蛇が器用に木の枝や岩を避けながら草むらを這っているようにも見える。

——あれだ。

未亜はとうに気づいていた。黒鳥がすぐ近くまで来ていることを。隣に坐っていつも一緒に聞いていた甲高いエンジン音が高級車のぶ厚いドアを通して聞こえていた。悠然と構えた吐田は延々と続く山道を興味なさそうに眺めている。バックミラーに映るGT‐Rを視界の片隅に捕らえながら。

ダムの近くで最後尾に追いついた。未亜の頭の影をまん中の車両の左側に認める。吐田が隣に坐っている。追う者と追われる者が出揃い、スピードのレベルが数段上がった。時速百キロでカーブの続く細い道を四台の車が隙間を縫うように走り抜ける。このような条件であれば軽量なR32が有利なはずだが、LSの一糸乱れぬ堅固な隊列がつけ入る隙を与えない。最後尾には最も運転に熟達したものが配置されているようだ。膠着《こうちゃく》した状況を崩せないまま危険な車の群れは頂上へと向かう。

緩やかなカーブの先に左曲がりのヘアピンカーブが迫る。アクセルを緩めることなく、今にもLSのリアバンパーに触れそうなくらいにぴたりと後ろに張りついた。隙間を空けることなく連なる車が速度を保ったままコーナーに突っ込んだ。次の瞬間、目の前の車両が急激にハンドルを切った。レクサスは外側に膨らもうとする荷重を制御しながら車体を流す。白煙を上げるタイヤを滑らせながら今度は逆方向に切る。車体は九十度回転した状態のままアスファルトの曲線をなぞる。コーナーを抜けたところでぴたりと横向きに停車した。

信じがたいタイミングでのあまりにも大胆な妨害に黒鳥はなす術もなかった。ブレーキペダルを踏み続ける。アンチロック・ブレーキシステムが作動してくれたお蔭で敵の車の手前で止まることができた。全長五メートルを超えるボディが目の前に横たわっている。完全に進路を塞がれた。先頭の二台には既に距離を空けられている。停車時の強い衝撃で黒鳥はハンドルに突っ伏した。エンジンは停止してしまった。かろうじて意識は保たれている。

――未亜を助けなければならない。

もう一度左足でクラッチを踏み、キーを回す。くぐもった排気音と共に直列六気筒エンジンが目を覚ました。相棒は死んでいない。こんなことくらいでだめになる車でもない。前方に黒い影が射した。セダンから黒服が降りてくる。若い男だが、この局面であれだけのドライビングテクニックを発揮できるとは大したものだ。男は銃を持っている。確実に仕留めるためこちらに向かって距離を詰めてくる。すかさずギアをバックに入れ後ずさった。ここで引き返しかないのか。方向転換のために右側を確認する。ある一点の空間が抜けていることに気づいた。その部分だけガードレールがない。擁壁沿いに河川敷に降りる細い道があった。ダムの整備車両のためのかろうじて車が一台通れるほどの狭く長い急勾配の分岐道。道路から川までの落差は数十メートル以上はある。鉄の鎖が張られ危険を知らせている。

——俺はついている。うまくいけば、奴らの先に回りこめるかもしれない。

黒鳥は黒服を正面から見据えた。その目はいつもの大胆で、不敵な男のものに戻っている。既にギアは1速に入れてある。回転数を上げてクラッチはつながる寸前を維持する。じっくりと相手の動きを見てタイミングを計る。敵が足を止め銃をかまえようと腕を上げるタイミングで大きく右側に突っ込んだ。狙いを外された黒服はでたらめに数発撃つが、これだけ近い距離にも拘らず一発も当たらない。運転を誤れば死ぬことは分かっていた。鎖を突き破り、スキージャンプの滑走路のような細い坂を一気に下降した。

河川敷といってもコンクリートで舗装されたものではなく、ほとんど手つかずの自然だった。薄暗い谷底のような空間に、木の間隠れに射し込む陽光を受けてゆったりと流れる川の水がきらきらと光っている。両側は砂利で埋まりあちこちに大きな岩が転がっている。いつタイヤがパンクしてもおかしくない。黒鳥はフロントガラス越しに空を見上げた。視界のほとんどは土留めの石壁で遮られている。敵は追跡してこない。大型セダンでは無理だし深追いする必要はないと吐田の指示があったのだろう。だがカードは向こうにあるのだから、一刻も早くこの地の底から遠い場所へ引き離された未亜のもとへ辿り着かなくてはならない。ハンドルを取られながらも、がりがりと音を立てる小石を締め固めるようにして慎重に愛車を前に進める。川縁《べり》をそのまま上流へ昇ると、ある地点で木々はなくなり視界が開けた。

——思ったとおりだ。

視線の先に高さ幅ともに数十メートルはある灰色のコンクリートの壁がそびえ立っていた。堅牢なダムの構造物がそこにある。壁の上部には四角い開口がいくつか穿《うが》たれ、放水時にはそこから大量の水が吐き出される。今は閉ざされている放水口の下からは壁伝いに黒い水垂れの染みが伸びていた。巨大で絶望的なまでの力を行使する壁。だが黒鳥は自らと同じ高さの正面のある一点を凝視していた。壁に穴が空いている。それは唐突とも言えるほどに垂直に切り立った壁にぽっかりと、ただ丸い穴だ。直径は三メートル程だろうか。あまりに大きな壁面の一部なのでとても小さく見える。

ギアを1速に入れたまま車を前に動かす。壁とその穴に近づくにつれ、重々しいコンクリートの重量感と先の見えない空虚な闇の対比が強まる。それはダムの予備排水管だった。メインの放水とは別により少量の水を逃がすために設けられたトンネル状の構造体。不気味な口を覗き込む。奥行きのないまっ黒な穴がそこにあるだけで、内部の様子は窺い知れない。鼻先を乗り入れヘッドライトを点けてみる。頼りなげに前方が照らし出され、荒々しい打ち放しコンクリートの質感が浮かび上がった。勾配のきつい巨大な管だ。車ごと自分が小さくなって洗面台の排水管の中に紛れ込んだような錯覚を起こす。この暗く長いトンネルを無事に上りきることは可能だろうか。

だが、迷っている時間はない。アクセルを踏み込み、ゆっくりと上り始めた。排水管は効率的に水が流れることのみを追求して施工されるので、内部は円筒状であり全周が曲面だ。当然車が走れるように底が平らに作られたり、滑りにくいアスファルトで舗装されたりすることはない。つまり普通の道路のようにタイヤが路面をグリップすることはなく、外側の端だけで車重を支えて前に進むことになる。そのうえ丸い底面には木の枝や砂などが堆積し障害物となって走行の邪魔をするのでそれらをうまく避けながら走らなければならない。幸いなことに排水のタイミングではないらしく、感覚さえ掴んでしまえばゆっくりとではあるが車を前に進めることができた。四輪駆動のシステムを信用し、変速はせずにアクセルをより強く踏み込む。緩やかに湾曲した管の中を百メートルほど上ると、前方に強い光を放つものを認めた。太陽だ。コンクリートに自然光が滲《にじ》みここまで届いている。さらに燃料を投下し勢いをつける。もうすぐ出口だ。

飛び出すようにして地上に出ると、眼前に広がる光景に黒鳥は目を奪われた。

上流にこのような施設があったとは。周囲を山々に囲まれた目の前には大きな放水路がひらけていた。あまりに巨大な空間で全容を把握することはできないが、どうやらこのコンクリートの川に合流して上り切らなければ排水空間から外へ出ることは不可能のようだ。人は一度決まった道から外れて落ちるところまで落ちると、再び人並みの生活を送るには並大抵の努力だけでは足りないということか。人生の迷路のように迂回する細い通路を進み合流する手前で車を停める。幅は十メートル以上あり全長は予備排水管よりはるかに長い。二百メートル以上はあるだろう。勾配もよりきつく絶壁のようだ。路面は乾いているが、所々に苔や木の葉がへばりついている。よほど上手く運転しなければ真っ逆さまに落ち、水溜めの壁にぶつかって死ぬことになる。車を諦めれば森を歩いて道路に出ることは可能だろうがその選択肢はない。視線のはるか先に古い給水塔が見えた。

――これを上り切れば、形勢逆転だ。

行くしかない。人生は、時に勝負が必要だ。放水路に斜めから車を入れ、様子を窺う。慎重に少しずつ乗り入れた。前輪がしっかり接地しグリップに問題がないことを確認してから後輪も続く。僅かに車輪が空転したがすぐに摩擦力を取り戻す。車は傾斜に正面から向き合った。今やすべての重量が四つのタイヤにのしかかり、急斜面にしがみつくようにしてどうにか踏みとどまっている。上体は大きく後ろにのけ反り全身に荷重がかかっていた。辺りはとても静かだ。下流では川の水がさらさらと岩を撫でぶつかり合う。目の前では、木の葉にくっついた毛虫を雀がついばんでいる。一呼吸おき、アクセルを踏み込む。GT-Rは坂を上り始めた。落ち葉や木の枝は問題とはならず、湿った苔は僅かにタイヤを滑らせるが力強いトルクで踏み越えた。

――さすがは日本が誇る名車だ。

くちばしから毛虫を落とし雀が飛び去った。遠くから何かが聞こえてくる。音のする方向に耳を澄ます。黒鳥は慄然《りつぜん》とした。上流で放水が始まった。最初は坂の一番上で小さなさざ波が立った。そして、すぐにそれは放水路を川のように両幅一杯に覆ってしまった。自らの行き場を求めてその領域を下方に伸ばし乾いたコンクリートを侵食している。水は湧き水のように次から次へと溢れ出て今やたっぷりとした厚みをもって重力に身を任せている。すぐにここまで到達するだろう。

この施設では毎日決まった時間に放水が始まる。毎分数十トンもの水を一定の時間をかけて放つ。巨大な流しそうめんのような空間に自ら飛び込んでしまったことを悟った。

恐ろしい水の衝撃に瞬時に対応できるよう、回転数を維持して待ち構える。津波のような勢いで波の先頭がフロントバンパーにぶち当たり水しぶきが視界を奪う。そのまま後ろに押し流されそうになるが、アクセルペダルを調整ししのいだ。最初の衝撃はなんとか持ちこたえたようだ。だが、既にタイヤは半分以上水に浸かっている。このまま続く放水に持ちこたえられるはずもない。すぐに限界がくるだろう。だが下手に動くとバランスが崩れすべてが決壊する。ダムの管理者は正体不明の車が放水路に張り付いていることなど知るはずもない。水位が規定の位置に下がるまでいつもどおりに業務をこなす。

水圧は益々強くなった。少しずつタイヤの摩擦力が減衰しているのが分かる。滝の中にいるように視界を奪われ、とめどなく押し寄せる水が車体にぶつかりそれから後方にボディを撫でさする音が聞こえる。あと少しでもグリップを失うとそこで終わりだ。流されて数十メートル下の硬いコンクリートの壁に叩きつけられる。

——ここまでか。

黒鳥は観念した。だが不思議なことに車は流されない。今までとは違う何か新しい力を手に入れたようにさえ思われた。

——大浦だ。

あの大男のお蔭でトルクが劇的に向上していたのだ。整備士は言っていた。「神戸はどこも坂道ばかりだ。トルクが増えて困ることはない」と。いけるかもしれない。じわりとアクセルを踏み込む。ＲＢ２６ＤＥＴＴエンジンは力強く応答した。回転が高まるごとにシルクのように滑らかな音へと変化する。それはもはや単なる機械ではなく、ひとつの芸術作品と呼ぶべきものだった。全身を貫く振動と甲高いエンジン音に身を預ける。深呼吸し、集中を高める。

——未亜……

強くアクセルを踏み込んだ。目の前の水の壁を突き破り、驚くべきことにGT‐Rは坂を上りだした。まっすぐに走っているのかどうか分からない。ただ四つのタイヤが拾うコンクリートの感触に全神経を集中する。浮き上がりそうになる車体を、アクセルの開度で調節しもちこたえた。荒れ狂う水は髪を振り乱して泣き叫ぶ気の触れた女のようだ。不気味な声で必死に何かを訴え、相手を自らのいる所へと引きずり込む。そうして深い水の底へ突き落とそうとしてくるのだ。轟音と共に押し寄せる水流に圧倒されそうになるが、さらに集中を高める。暴れる水の流れを読みハンドルとアクセルを微妙に操作する。

一気に加速した。凄まじいトルクで進む車に苔は踏みにじられる。水路の継ぎ目で盛り上がり、襲いかかってくる波はすべてはじき返された。今や車体は沈み込み路面にぴたりと張りついている。トルクが湧き出るに任せて力強く上り続けた――

＊

目の前に古びた建造物があった。給水塔だ。何十年も前に建てられ今はもう用をなさない。市の予算がつき次第、取り壊されるのを待つだけの小さな塔。減《め》り張《は》りのない丸っこい形は、どこかユーモラスでもある。黒鳥はこの古ぼけた塔を視界から見失わないようハンドルを切りながらここまで辿り着いたのだった。ようやく道路に戻ることができる。

再びセダンの群れを認めた。今度は眼下の坂の下から上ってくる。その先には神戸の海が広がっていた。木陰に車を潜ませたまま様子を窺う。暗殺者の集団はまだ黒鳥の存在に気づいていない。スピードは抑制され車同士の間隔は十分に広い。ここで仕留めなければならない。

先頭車両の運転席に強い衝撃が加わる。突然死角から飛び出してきた車を避けることなどできない。ドアはへこみ、虚を突かれた運転者は体勢を崩しステアリングから手が浮く。黒鳥はアクセルをゆるめない。左側の擁壁にぶつけてしまいたいが、二トンを超える重量を誇る大型セダンを軽量なR３２で押したくらいで停止させることは無理だ。ＬＳはそのまま走り続け、フロントを押しつけたままのGT‐Rが並走する。二台目の未亜が乗った車両は反対車線に逃れることができた。悠々と右側をかすめて抜き去る。未亜と目が合った。一瞬のことだが、ゆっくりとコマ送りの映像を見ているように目の前を通り過ぎていった。その目は最初から黒鳥が助けに来ると分かっていたと告げている。先頭車両は捨て置き猛然と吐田の車を追う。

「二度も命拾いするとは、大した悪運の持ち主だな、あの男も」

吐田は銃を取り出した。未亜は黙っている。殺し屋も特に気にする様子はない。既に別のことを考えているのだろう。細部まで念入りに手入れされたグロック34の重みを確かめるようにして持ち、口許には冷ややかな笑みを浮かべている。ここでけりをつけるつもりだ。

持ち主でさえ知らずにいた秘めたるパワーを解き放たれた一九八九年式のスポーツカーはあっという間にLSに追いつき、曲がりくねった道を並走する。セダンの後部座席のドアガラスが下り男が銃を構えた。鉛のように色彩を持たない目で黒鳥に狙いを定める。

セダンの横腹に車体をぶつけ的を絞らせないようにする。未亜の身の安全が最優先だが、多少の荒っぽいことは仕方がないだろう。そのまま車体を押し付け相手の車のコースを消す。横並びに走っているので後続の車両は前方に回りこむことができずにいる。反対車線を占領したまま左に硬いコンクリートの擁壁、右は何もない断崖絶壁と命を賭けた走行が続いた。次第に、最新式の高級車が持つ重量と安定感がものを言い始めた。少しずつではあるがGT‐Rを押し返している。現代の安全基準を高いレベルで満たすボディ剛性で、一度スピードに乗るとよほどの衝撃を加えないかぎりはびくともしない。今や黒鳥がガードレールに押し付けられようとしていた。ハンドルを強く左に切って抵抗するがＬＳは微動だにしない。外側に膨らもうとする遠心力が働きさらに不利な状況だ。次のコーナーを抜けるとしばらくは直線が続く。それまでどうにか持ちこたえなければならない。

本革のステアリングに軽く添えた男の手に少しだけ力が入ったように見えた。今まで大人しくほとんど音を発しなかったハイブリッドエンジンが野蛮な唸り声をあげる。凄まじい馬力でＧＴ-Ｒを投げ出すようにガードレールに叩きつけた。巨大な力になす術もない。けたたましい金属の擦れ合う音が車内に響く。鉄の柵にドアが削られた。叩きつけられた反動でコントロールが失われる。車ごと何か大きな力で揺さぶられているかのように前後不覚に陥った。シートから前方に投げ出され、ハンドルに打ちつけられる。強い衝撃に一瞬目の前が真っ暗になるが、しっかりと握るステアリングの革の感触で意識を取り戻す。車は止まりエンジンは動いていない。異常を知らせる警告音が鳴っていた。再び燃料を投下するためキーを回す。頑丈なエンジンは始動するがひしゃげたガードレールに破損したフロントバンパーが絡まり身動きがとれない。鉄柵との隙間がなくドアを開けることもできない。全身に痛みを感じる。

直線にさしかかったところでセダンの群れも停止している。エンジン音はもはや聞こえてこない。その様子は海中で動きを止め、獲物に与えたダメージを観察しているシャチのようにも見える。他の動物には聞こえない信号を送り合って作戦を練り、次の攻撃を組み立てている捕食者の集団。ここまでか。

先頭の吐田の車両が動きだし後続が続く。スレイブの一団は速やかにその場を去ることにしたらしい。すぐに元の順に並び直した。スピードに乗りかけたその時、思いがけないことが起こった。鋭く空気を切り裂く音がする。次いで重金属の塊が同じくらい硬い何かにぶつかる音がした。見ると先頭の車が擁壁に突っ込んでいた。サイドガラスが割れている。割れたガラスの内側に少量の血が付着し、運転手はハンドルに伏したまま動かない。吐田の車はリアに突っ込み、その場で立ち往生していた。内側からロックされているので未亜は自力で外に出ることができないでいる。

黒鳥にはそれが誰によるものかすぐに分かった。きれい好きの男が、脳髄が盛大に飛び散る様を見たくないがために、わざわざ小口径弾を使って仕留めたのだ。見通しの良い直線のすぐ右手には展望デッキがあり、十台程度の車を停めるスペースと無人の売店がある。売店の横にぴかぴかに磨き上げられたグレーの車が停まっている。アストンマーチンＤＢ１１。ジェームズ・ボンドに憧れる及川こだわりの英国産ラグジュアリークーペ。マグネティックシルバーと呼ばれる深みのある色が優雅なフォルムをさらに際立たせている。窓の向こうにはライフルを持つ及川本人がいた。ボルトを引いて愛用のルガーＭ７７に弾薬を装塡する動きは流れるようで無駄がない。銃の重みを完全に支配している。最後尾の運転手に狙いを定め引き金を引く。続けて吐田の運転手も撃った。見事に両方とも命中し、あっという間に敵を三人撃ち殺してしまった。助手席にはバゲットが一本置かれている。ここに来るまでに行きつけの店で買ったものだ。今晩、カリフォルニアワインのコレクションと一緒に楽しむために。もちろん、黒鳥が蜜香に寄ってから急いでこの地点に向かう時間までを計算している。

——俺は、世界で一番フランスパンを格好よく食べる男だ。

ドアを開けイタリア製の革靴で地面を踏みしめた。白いとても着心地の良さそうなシルクのシャツがよく似合っている。この男にとって殺しとは自らの美学を確立するための実践の場でもある。

——そしてこいつは、世界で一番長い影を持つ男だ。

悪名高い暗殺者が乗るレクサスに近寄る。追突の衝撃なのか吐田は頭を窓ガラスにもたせかけたままでいる。意識があるのかどうか分からない。不用意にこの男に近づくのがとても危険なことであることは重々承知している。手前で立ち止まりボルトアクションを起こす。

「影の恐怖ってやつを、見せてもらおうか」

至近距離からライフルを撃った。蜘蛛の巣のように細かく放射状に割れた小さなひびが吐田の頭を中心に広がっている。後部座席は防弾ガラスが嵌っていた。

「くそっ、小賢しい真似しやがって」

これではいくら撃っても埒が明かない。ならば引きずり出して殺すだけだ。ライフルを構えたまま慎重に、ドアノブに手をかける。開いたドアに大男の重みが、ずしりとのしかかった。

「離れて！」未亜が叫び声をあげる。

男が道路に放り出されたと思った瞬間、及川の太ももには注射器が突き刺さっていた。

アクリル製の透明な筒は気味の悪い黄緑色の液体で満たされている。このような場面を何度も生き延びてきた吐田は必要なだけの力で確実に液体を血管に送り届ける。筒が空になりただの透明な容器に変わったことを確認してから針を抜き、地面に捨てた。それから銃の名手の腰を抱えゴミ袋でも捨てるようにして投げ倒してしまった。

——まずい。

「及川だな」

仰向けになり苦しそうに息をする男を見下ろす。既に毒は全身にまわっている。

「たいした毒じゃなさそうだ」

決して人体と相容れることのない化学生成物が非情に作用する。悪寒に震え強烈な吐き気に襲われた。起き上がろうとするが、意志に反して手足に力が入らない。

「心配しなくても、すぐに効いてくるさ。ああ、そろそろだ、目が霞んできたんじゃないか？　それにお前、変な汗をかいてるぞ」

——エタノールとヒ素のブレンドだ。

これら主成分は安易で無計画な殺人に使われるが一定の殺傷能力を備えている。すぐに解毒剤を打たなければならない。このままでは失明し命も落とすことになる。

だが吐田はそのような時間を敵に与えない。セダンのドアを閉めてもう一度未亜を車内に閉じ込めた。それからもう及川に用はないとばかりに黒鳥の方に向きなおる。腰からグロックを抜き射程距離まで一直線に向かってくる。もたもたしている暇はない。もう一度ギアをバックに入れる。思い切りアクセルを踏み急発進した。バンパーに引っ掛かったガードレールから強引に引き剥がす。男が銃を構える。腕から影が伸びた。西日を受けて、長くまっすぐに。照準がぴたりと黒鳥に当たる。トリガーに指が置かれた。

サイドブレーキを引き、目一杯アクセルを踏んだままハンドルを左に切る。タイヤの摩擦力が限界を超えリアが流れる。構わずアクセルを踏み続けた。ドリフトし車体が暴れるに任せて下がり続けた。アスファルトの表面を滑るゴムが甲高いスキール音を上げ、白煙が高く舞う。だが目標の不規則な動きは問題ではない。長く伸びた影は一度捕捉した相手を逃すことはない。銃口から9ミリ弾がはじき出される。影が引いていく。一瞬にして夜が訪れたかのように。吐田は視線を落とす。及川に毒物を打ち込んだのと同じ太腿に小さな穴が空いている。小口径弾による銃傷。

「お前のボスの国は毒殺がお家芸なのに、全然効いてこないぞ」

背後から及川の声がした。ほとんど視力を失い、急所に当てることができなかったくせに。

「まだ死んでいないお前を放っておいたのは、俺のミスだったたな」

吐田が振り返る。

「それでお前は今、俺に銃口を……向けられて……いる」

「二度も当たらないさ」

死にゆく者への無関心がそうさせるのであろうか、とても静かに話しかける。

二発目の銃弾が吐田の横をかすめた。及川の目には吐田は二重に映り、語りかける声はとても遠い。再び影が伸びた。グロックが及川の心臓に向けられる。銃を持たない黒鳥は助けに入ることができない。車で轢き殺すしかない。うまく及川を避けることができるかどうか分からないが、それしか方法はなかった。距離は二十メートル。及川の横に吐田がいる。黒鳥は息を潜めた。エンジンをふかすことなく、クラッチをそっと半分だけつなぐ。するすると音もなく車が動きだした。僅かでも前に進めれば良い。電気自動車のようななめらかさで路面を滑らせる。利き足で最初の一歩を踏み出し、僅かな筋肉の動きだけで獲物に近づくチーターのように。初速を抑えたことで動きは悟られない。半クラッチのままアクセルを踏む。妙に軽いエンジンの吹け上がる音がした。チーターの全身の筋肉は静かに躍動する。一瞬の出来事だった。後ろから巨人に蹴られるような加速で押し出された。強烈な加速度荷重に頭がシートに押し付けられる。景色は揺れ、視界に飛び込んでくる情報を脳が処理しきれない。ミサイルのように吐田に突進した。いつの間にか黒い鉄の塊がすぐそばまで地面を滑ってきたことで、敵は反応することができない。体の側面にぶつかると吐田は道路に叩きつけられた。サイドレバーを引きハンドルを切る。力の行き場を失った後輪は制御がきかない。ハンドルを逆方向に当ててタイヤを固定した。前輪を起点に車体が回転する。遠心力で勢いに乗った車は横たわる及川に向けて大きく振りかぶるようにして流れた。

轢《ひ》いてしまう寸前でぴたりと止める。助手席のドアが及川の目の前にある。未亜の乗るレクサスもすぐ横だ。完璧なスタントを演じたが、毒物は刻一刻と正確に作用していた。及川は既に意識を失いかけている。吐田が体勢を整える前に二人を助け出さなければならない。残された時間は僅かだ。車を降り助手席の側に回りこむ。ぐったりとして力の入らない及川を抱きかかえドアを開ける。押し込むようにしてシートに坐らせた。ドアを閉めようと手をかけ顔を上げる。目の前に現れた女を見て思わず声を上げた。

「エリナ……」

坂の上に真っ赤なボディスーツを着た金髪の女が立っていた。まっすぐ天に向かって伸びる新緑の杉林を背景に。真正面からこちらを見下ろしている。忘れるはずもない女。紅い薔薇は驚き立ち尽くすかつての恋人をじっと見ている。遠くて表情は読み取れないが、その青い目に光はない。暗く冷たい眼差しだった。女はけだるそうに片手を上げて合図する。背後に付き従えた巨大なSUVのドアが開く。黒いキャデラック・エスカレードから黒服が数人出てくる。十数年ぶりの再会を祝す気分ではないようだ。未亜を助け出そうとセダンのドアに手をかけたその時、銃弾が飛んできた。弾はドアノブをかすめた。続けざまに黒服が撃ち込んでくる。

「ロックを解除しろ!」助手席のドアに身を隠しながら叫ぶ。

未亜の視線はエリナに向けられている。早くしろ！　ガラス越しに大声で怒鳴るが無駄だった。女は身動きひとつしない。

「くそっ！」

これ以上は無理だ。すぐにでも解毒しなければ及川は死ぬ。人を毒薬で殺すことを生業にし、それを自らの価値としてきた者がこのような状況に追い込まれるとは皮肉な話だ。乱暴に助手席のドアを閉め運転席に乗り込む。残りの黒服も銃を構える。この位置に滑り込んできたのとまったく同じルートを逆回転でなぞるようにしてその場を離れた。雨のように降りそそぐ銃弾は虚しく空を切る。だがもう未亜を助けることはできない。

吐田が起き上がり未亜の乗る車に近づく。運転手の横の貫通したガラスを、銃のグリップで叩き割る。ロックを解除しドアを開けた。冷たくなった運転手の襟首を掴んで車外に引きずり出す。車に乗りこむ前にこちらに向きなおる。おもむろにグロックを構え黒鳥の額に狙いを定めた。引き金が引かれ銃弾はルーフをかすめて逸れる。もう一度撃つのは無駄なことだ。この距離ではどのみち当たりはしないのだから。それは、宣戦布告だった。その目は必ず決着をつけると告げている。

方向転換し、黒鳥は坂を下りた。

＊

及川は全身を氷に浸けられているような寒さを感じているはずだ。運転しながらすばやく症状を読み取り、解毒剤の当たりをつける。神経系の毒はその非人間的な作用により、被害者——暗殺者をそのように呼ぶことが正しいのか判断がつかないが——を苦しめる。追手が来ないことを確かめて車を停めた。トランクに積んである鞄を開け目当ての注射器を取り出す。毒殺者という人種は自らの考案物により不測の事態に見舞われる可能性がある。解毒剤は必需品として常に持ち歩いておくべきものと言える。手持ちの解毒剤により及川はすぐに回復の兆しを見せ始めた。意識が戻り少し楽に呼吸ができるようになった。これなら自宅に連れて帰ることさえできればあとは安静にしていれば完治するだろう。車内には、低いエンジン音だけが響いている。

「痛みが……徐々に心臓に近づいている」苦しそうに及川が声を絞り出す。吐田の毒は思ったより手が込んでいるようだ。だが、黒鳥は自ら作った解毒剤を信頼していた。

「心配するな、家に着く頃には治る」

回復途上とはいえ人工的な毒と人間の生命力の戦いは続いている。苦痛に支配されそうになるのは当然のことだ。

「気休めを言うんじゃねえ」

「気休めは、最高の解毒剤だ」及川の話し方を真似してみせる。

「ふん、それにしてもお前は、恐ろしい武器を扱っているな」

「あいつらが欲しがっているものは、こんな程度じゃない」

「物騒な話だ」

「俺をこの世界に引き入れたあんたが言うなよ」

「それにしても、いつまでこんなぼろい車に乗ってるんだ、ひどい揺れだぜ」

「そのぼろくて古臭い、化石みたいな車が、今やあんたのアストンマーチンより高値で取引されている」

「世も末だな」

「そうでもない、いい車だ。俺は気に入ってる」

沈黙が訪れた。時代がかった直列六気筒エンジンから吐き出される野太い音が二人の殺し屋を包む。荒い路面の凹凸を拾う狭い車内が男たちの心を通わせ距離を縮めた。運転席側の窓を少し開ける。吹き込んでくる山間の新鮮な空気でほてった頬を覚ましながら、流れ過ぎる景色を見やる。遠方のはるか下に密集する黒ずんだ家々と、目の前の新緑の木々が鮮やかな対比を見せる。雲が出てきた。空は薄暗く曇り今にも雪が降りそうだ。及川の様子が落ち着いてきたのを見て少しスピードを落とした。

「なあ」ふいに及川が話しかける。

「なんだ」

「お前は、今でもエリナに惚れてるのか？」

「自分の女だったんだろ。実際、あんたに夢中だった」

「質問に答えろよ」

「昔の話だ。それに、さっきのエリナのあんたを見る目を見たら、どんな男でも身を引こうと思うだろう」

「逆だ。エリナのお前を見る目こそが、他の男を嫉妬させるんだよ。さっきだって、そうだ」

青く冷たい目を思い出した。

「女のことはあんたの方が詳しいからな。あんたがそう言うならそうなんだろ。俺は全然思わないが。もう終わったことだ」

「強情だな」

「とにかく、わざわざ危険を冒して、こんな山奥までのこのこ出てくるほどには未練があるってことだ」

「別に、エリナに会いに来たわけじゃないさ」

「しらばっくれるな。あんたは、こういうことには鼻が利く男だ」

二人の男の会話は、最後にはいつもエリナのことになる。

「ついでに、お前にひとつ忠告しておいてやる」

「また講釈を垂れるのか?」

及川が苦しそうに腰に手をやる。

「これを持っておけ」

手にはワルサーP99が握られている。007愛用のハンドガン。小型の、しっくりと手に馴染む実用的なモデルだ。

「いらねえよ」

「そう言わずに、お守りと思え」

「子供じゃないんだ」

「あいつらだって子供じゃない。お前の主義が通用する相手じゃないんだ」

「うるさいな」

これ以上喋らせない方が良い。及川の体調を慮《おもんぱか》り銃を受け取った。まだ何か言葉にすることがあるような気がする。いつもそうだ。既に語られたことが語られ、既に知っていることを互いに知らされる。二人の口から言葉が溢れ出そうになる。だが殺しの刹那にすれ違う、そんな時に出てくる言葉というのはどのようなものだろうか。

「寝てろよ」

「ああ、着いた時、もし生きていたら起こしてくれ」

「殺しても死なないくせに」

どちらかが手を触れればよかったのだろうか？　それは案外簡単なことかもしれなかった。肩に手を置くとか、そんな何気ないことだ。だができなかった。コクピットのように殺風景な車内は沈黙と低いエンジン音だけが支配している。だがその沈黙は暖炉の火のように暖かかった。

7　夜に抱かれて

深い眠りから目が覚めた。サテンをきめ細かく織りこんだシーツはたっぷりと汗を含んでいる。どれだけのあいだ寝ていたのだろうか。否、気を失っていたのかもしれない。時計を見る。日付が変わろうとしていた。数時間前に起こったことを思い出そうと記憶を辿る。吐田に毒を打ち込まれた後、黒鳥に解毒剤を打たれた。注射ばかりだな。それから、ぐらぐらと視界が揺らぐのをどうにか自分の足で踏ん張り、この部屋まで年下の男の肩を借りて運んでもらった。倒れ込むようにしてベッドに入る。そこで記憶は途切れていた。容体が落ち着いたのを確認してから黒鳥は帰ったのだろう。喉が渇いた。まだおぼつかない足で立ち上がる。栗色の大理石の床がいつもより硬く感じられた。キッチンに向かう体は、ひどい二日酔いから回復する途中のような、心地良いだるさに包まれている。不思議と頭はすっきりしている。やはり黒鳥の技術は信頼がおける。

カウンターの奥に大きな黒い影があった。影は所在なさげに天板に置かれたバスケットに手を伸ばす。こぼれ落ちそうなほどに盛られたフルーツの中からリンゴをひとつ手に取る。きれいに洗われたつるつるの表面を楽しむように長い指で撫でつけている。及川の苦くない野菜ジュースはこのリンゴが重要な役割を果たす。

「吐田」

男は顔を上げ、それから相手を見下ろした。

「今の今まで、俺に毒を打ち込まれて死ななかったのは、お前だけだ」

「殺しても死なない男だからな。それに、あんな誰にでもできる単純な配合じゃあ無理だ」

「言うじゃないか」

「言うも何も、お前は所詮、組織に仕えるだけの犬だ。なぜ俺が気を使わなけりゃならんのだ?」

「ケリをつけにきた」

「悪いが、俺はしつこい男が苦手なんだ」

「解毒されなければ、とっくに死んでいたんだ。文句を言うな。お前たちのつまらない友情が、ほんの少し予定を遅らせただけだ」

「友情を馬鹿にしているが、お前にそれを与えてくれる人間はいないだろう」

及川は嘲笑う。

「そうでもないわ」

キャビネットの陰から女が出てきた。目立たぬよう深いカーキ色の服に着替えている。とても動きやすそうでもある。このような服装が何を意味するのか及川はよく知っていた。暗殺集団のボスは続ける。

「私たちは古い仲間同士、常にチームで動いている。お互いをよく理解しているの。一匹狼とは違う。まあ、あなたの場合、そこが良いんだけどね」

数時間前に比べて随分くつろいだ様子だ。

「皆さんでお出ましか。今ここに爆弾でも落ちたら、神戸で殺人を依頼したい人間は困るだろうな」

「そんな心配はしなくても大丈夫よ、私たちは組織だもの。とても強固なシステムが、しっかりと構築済みよ。どれかひとつのパーツが欠けても、そう、例えそれがどれほど重要なものであれ、いつもどおり仕事は続けられる」昔を懐かしむように部屋を眺める。「変わってないわね。あなたらしい、とても素敵な空間。昔を思い出すわ」

「喉が渇いてるんだ」

「よく知ってると思うけど、私は野菜ジュースなんて洒落たものは作れないから、これで我慢してね」

かつての恋人は棚からアイラモルトを取り出した。人数分のグラスに注いでから、及川に差し出す。三人ともグラスを軽く前方に突き出すように持ち上げ、一気に飲み干した。

「未亜は無事なんだろうな」

「もちろんよ。でもあなたは、自分の心配をした方が良い」

「しつこい女も苦手だ」

「悪いけど、少々長居させてもらう」その口調は、厳粛な響きを帯びていた。

「面倒臭い奴らだな」

「昼間の注射がお気に召さなかったようだから、吐田がもう少し気の利いたものを用意したそうよ」

廊下から黒服が二人出てきた。四角い革製の鞄をカウンターの上に置く。エリナはそれを開いて中身を確かめた。数本の注射器に加え、天然石で研ぎあげた様々な形と大きさのナイフが硬質な光を放っている。満足した女はそれらを取り出し、ひとつひとつ丁寧に天板の上に並べていく。

「いつも道具の趣味が良い。さすがね」

男たちが両側にまわりこむ。無理に力を入れる必要はなかった。軽く手を添えるだけで及川は足を踏み出す。相手が屈強な男二人だからではない。その動きはとても落ち着いている。事実それは死の儀式と言うべきものであり、そのことを男たちは十分に理解していた。そこに宗教的な厳《おごそ》かさが求められるということを。

リビングに敷かれた品の良い厚手の絨毯の上に、木の椅子が一脚置かれている。及川を坐らせ後ろ手に縛る。その時初めて力を入れて抵抗の意を示したが、あくまでも静かに息の合った動作で抑え込まれてしまった。吐田は黙ってその様子を見ていたが、異変があればすぐに手を貸せる体勢であるのは明らかだった。手にしていたナイフを一旦カウンターに置き、女が近寄る。

「いいシャツね」

目の前にしゃがみ込み、滑らかなシルクの感触を確かめるように白いシャツのボタンを一つ、二つとはずした。

「大したことないわって言ってあげたいけれど、あなたはこれからとても大変な目に遭う。だから、こうしておいてあげる。少しでも楽なようにね。それに、こっちの方がセクシーよ」

「俺が別れた女に冷たいのは知ってるだろ」

「私は今でも願っている。あなたの湯浴みの水になりたいと」

胸元に指を這わせ、厚い胸板に口づけした。

「あなたとは何回か一緒に仕事をした。それは、あなたを買っていたから。仕事ぶりもスマートで格好よかったわ。だから、わざわざ私が来た。吐田にまかせても良かったんだけどね、プロ中のプロのあなたに敬意を表することにしたの。もちろん、徹底的に痛めつける。あなたの流儀に合わせて、肉体を極限までいじめ抜いてあげる」

「黒鳥をどうするつもりだ?」

「あなたの親友だけどね、もちろん死んでもらうわ」

「そうやって自分のまわりの人間を消していくと……」

「そう、最後には、私一人になる。それでいいの。でも、あなたたちのことは忘れない。二人とも、とてもいい男だから」

エリナは梅宮を思い出していた。児童養護施設の小さな世界で王のように振る舞い、好き放題に罪を犯していた男。弱かった自分は常に男の顔色を窺い、王は安寧を貪った。今、自分はあの男と同じことをしている。呪縛から逃れるためには、それしか道はなかった。赤ずきんはオオカミになったのだ。

「オオカミになったお前が、いつもまでも赤ずきんの真似事なんてやってんじゃねえよ」

女の顔に凶相が射す。及川はエリナの考えていることを見透かしている。

「お前だって、いつかは誰かに殺される。結局何ひとつ手に入れることなくな。それを知っているから、邪魔になりそうな奴を片っ端から処分しないと気がすまないんだ」

「そろそろ始めてもいいかしら」

テーブルでは吐田が二液混合型の毒薬を一本の注射器に移し替えている。今度は無色透明の液体だ。

「お前は黒鳥を恐れている」

「まさか」

「ふん、何がまさか、なんだ?」

「あなたって意外とうぶね。私がそんなことで人を殺すと思う?」

「何だと?」

既に女は余裕を取り戻していた。残酷な笑みを浮かべ、及川を正面から見据える。

「じゃあ、最後にいいことを教えてあげる。夜は長いしね。私が欲しいのは、黒鳥のオリジナルの配合よ」

「医化学研究所のデータじゃないのか」

「それもある。でもそれは、本当に重要なものではないの。単にああいった組織と関わっていくうえで、ミリタリーバランスをとるための手段に過ぎない。世の中に緊張を生み出すためには必要なことよ」

「あくまで政治ってわけだな」

「この世界で生きてると、毎日追ったり追われたりの繰り返しよ。でも私たちには仲間がいて、駆け引きができる。政治ができない殺し屋なんて、いいように使われて、どこかのマンションの一室で、変死体として発見されるのがお決まりのコースでしょ、今のあなたみたいに。いくら野菜ジュースを飲んで、健康に気を使ったところでね。だから……」女は一呼吸おく。「私があの人に持つ感情は、あなたが言うようなものとは別の何かなの。そう、それは、崇拝と言っていい」

「随分と驚かせてくれるじゃないか」

「本当に価値があるのは、黒鳥の配合よ。あれこそが芸術であり、最も原始的で使い勝手の良い毒薬。でもそれは、彼の独特で繊細な感覚からしか生まれてこない。その点で、私は完全に負けている。だから、この機会に手に入れることにしたの、オリジナルのレシピをね」

「つまり、能無しがいくら集まったところで、黒鳥一人の価値もないってことだな」

「あなたはここで死ぬから、このことを彼に知らせてあげることはできないわね」

そう言い捨ててエリナは脇へどき、ソファに腰かけた。注射した相手がちゃんと死んだかどうかを確認する時の黒鳥と同じ姿勢で。吐田がそばの椅子を持ち上げて及川の横に置く。手には注射器が握られている。ゆっくりと坐ると及川の左腕を掴む。今日三回目の注射が打ち込まれた。及川は自らの意志で毒薬に抵抗しようとする。麻薬であれば一定時間理性を失わない者もいるが、これら神経系の毒はそのような人間的な行為が介在する余地はない。すぐに目が充血し、大きな溜まりとなった血が溢れ、垂れ落ちた。大男は満足そうに見ている。既に視力は失われている。

「あなたはこういう毒薬には手を出さなかったわね。銃とナイフ、とても人間的な武器を好んでいた。たしかに最後はそれがものを言う。しっかり殺しきったっていう達成感もあるしね。でも世の中は、もっと複雑なの。こうやって、いろいろ手を尽くしてけりをつけなければならない場面というものがあるのよ」吐田は注射器を置き、思いっきり顔を殴りつけた。

殴られ続けて血まみれになった男が目の前にいる。白いシャツは滴る血で染まっていた。喉に詰まった血に折れた歯が混じり息がしにくそうだ。それを吐き出している間、ハンカチを巻いて保護した拳を部下が用意した氷水に浸す。大きな氷がガラスの器に触れてからからと涼しげな音を立てる。冷たい水の心地よい感触に血に濡れた拳の痛みも忘れる。しばらくそうしていたかったが仕事中だ。及川の方に向きなおった。

椅子に坐る男が吐田に血を吐きかける。死にかけてはいてもおおよその方向は分かるらしい。たっぷりと水を吸って重みを増した拳で大男はさらに強く殴る。今度は椅子ごと倒れてしまった。もう一人の部下が椅子を起こし元の位置に置く。じっと見ていたエリナが目で合図をすると、吐田は横に退いた。いつの間にかナイフを手にした女は椅子の前にひざまずいて両手を及川の太腿に置いた。大きな大腿筋を刃の先端でゆっくりとなぞる。そしてやさしく語りかけた。

「この鍛えあげられた体が好きよ。かつては私だけに許されていた、あなたがもたらしてくれた快楽の源泉が。でも、もうあなたは何もしなくて良い。静かに私を感じて。もう私は、何も求めていないのだから。ただ感じて欲しいの、私を。そう、死ぬまで」

言い終わると、男の太腿にナイフを深々と突き刺した。

＊

電話が震えている。誰かは分かっていた。ロックグラスを置いて、通話ボタンを押す。

「黒鳥、今日はあなたに会えて良かった」

気だるい口調でゆっくりと話す女の声。かつて知っていた、快活な響きはもうない。

「未亜を返せ」

「もちろんそのつもりよ。でもその前に知らせておきたいことがあるの」黒鳥は答えない。

「あなたが大変な一日の終わりにお酒を飲んで寛いでいる間、私たちはもう一仕事してきたの。なんていうか、清算ね。及川はさすがだったわ。目が見えなくなっても、最後まで私たちに立ち向かってきたんだもの。吐田がかなり痛めつけたけど、最後は私が楽にしてあげた」

言い終わるとすぐに一通のメールが送られてきた。写真が一枚、添付されている。及川の顔が画面いっぱいにひろがる。何度も強く殴られたのだろう、下顎がはずれ落ちかかっている。大きく引き伸ばされた口中は歯がほとんど折られて抜け落ちているのが分かった。毒物の影響か皮膚は血管が透け隙間なく紫斑が浮き出ている。安っぽい模造品の薔薇のように見えた。明らかに黒鳥の仕事を真似ている。

「幸か不幸か、長い時を経て、私たちは再び交わった」

「何が望みだ?」

聞くべきでないことは明白だった。かつて恋人の前から逃げ出し、姿をくらました男が口にできる言葉ではない。だが女はビジネスに徹し、冷淡な口調で要求を述べる。

「夜が明けるまでに、パスワードを持ってここに来て。分かっていると思うけど、変な気は起こさないことね。未亜さんが同じ目に遭う」

「どこだ？」

「私たちの場所って言えば分かるでしょ」

その日初めて、ほんの僅かではあるがかつての恋人の姿を見た気がした。月が出ている。大きな丸い月。満月だ。妖しい光を湛えて夜の者たちが生きる世界を蒼白い光で照らしだす。オオカミの出る夜。

「お前を殺す」

「そう、それでいいの。あなたはこちら側の人間なのだから。決してそこから抜けだすことなんてできない。そういえば、家の改修を計画しているそうね。無駄よ。人生に再生はないのだから。私なら建て替えを勧めるわ」

ふたりは同じ球体を見ている。それは今や蜜色のしずくを垂らしそうなほどに大きく膨らみ、目の前に迫っていた。

「私は知っている。あなたが夜な夜な悪夢にうなされていることを、後ろを振り返りながらでなければ外も歩けないことを。何が言いたいかというとね、あなたは、私たちが抱える半分ずつの真実を、明日証言しなければならないということよ」

電話は切れた。不吉な声が、いつまでも黒鳥の耳から離れなかった。

＊

潤子との長く濃密な性交後のためか、デスクに向かう蘭の集中力は、最大限に高まっていた。

プラン方針の変更を依頼するメールを男から受け取り、時間をかけてそれを丁寧に読み込んだ。考えを整理するにあたっては、機能や動線といった要望と併せて本人の個性や好みといった個人的な要素も考慮する必要がある。少し変わったところのある施主だ。多くの顧客と家と生活に関する密接なコミュニケーションを重ねてきた。今ではその人物が住んでいる部屋を一目見るだけで、どのような人物か分かるようにさえなった。食生活や金銭感覚、人間性や、果ては、優秀な社会人かどうかまで。それが、今回の依頼人については当てはまらない。空欄のままの職業について語った内容についてもおそらくでまかせだろう。だからといってそれとは違うなにかしらの実像を想像することもできない。特殊で、専門性の高い分野を生業にしていることだけは察せられるのだが。いずれにしても、この作品は自分のキャリアの中でも決定的な成果を収めるだろう。まず建物そのものが、周辺環境も含めて類を見ないものだ。童話に出てきそうな絵が思い浮かぶ。それほどに現実的な条件とはかけ離れていた。周囲を深い緑に覆われた森はひっそりと静まり返っている。すぐそばに湖があり朽ちかけた桟橋は抒情を誘う。美しい景色だ。鳥が鳴いていたのを覚えているが、何の鳥かは分からない。

この家を最も特徴づける中庭は家の中心に配され、単にそこにあるというだけでなく精神的にもまん中に位置した。この空間を囲む居室群を中心に引き寄せ、同時に周辺にその世界を拡げている。まさに小宇宙とも言うべき空間だ。建物は極めて僅かな素材から成り立っている。レンガタイルの外壁にスレート葺きの屋根、建具や窓枠にはレッドシダーが使われていた。この木は長年の風雨にさらされると銀灰色に変化する。この中庭でどのような情景が想像できるであろうか、どういった会話が交わされるであろうか。親密さを求めているようでいて、その実反対の空間を望んでいるようにも思われた。自らの特殊な感性や考え方を良しとし、他人とは容易に交わらないという意思が透けて見える。見るからに暴力的とか非常識であるとか、そういうことではない。あくまで控えめに距離をとった態度で接してくる。根底に、何か冷たいものを抱えているのだろう。そしてそれらすべてを内包し、これからもそうであるための空間が求められている。その限られた世界は、外界からの影響を受けやすく脆い。それ故に中心を囲い守っている。それがこの家でありその住人の世界だ。

一冊のノートを思い出す。手持ち無沙汰に悠太がめくっていたぶ厚いノート。B5サイズでオレンジ色の表紙だった。他にもガラスの書棚に同じ色のノートがまとまって収納されていた。あの一冊だけ仕舞うのを忘れていたのだろうか。あの男のものと思われる字が隙間なく書き込まれていた。意味不明の図形、あるいは数式のようなものとともに。五角形や六角形の連なりに数字やアルファベットが添えられ、その領域を紙いっぱいに拡げているものもあれば、小さくバランスの悪い不格好な形のまま唐突に終わりを迎えているものもあった。

思い出した。同じような図を以前設計した家で見たことがある。田中という若い研究者の家だ。本棚を特注で製作することになったので、蔵書の数やそれらのサイズを確認している最中に何気なくページを繰って見かけた図。この施主が医化学研究所に勤めていることは知っていたので、それが何らかの成分の組成を意味するのだろうくらいには当時思ったかもしれない。だが特に意識することなどなかったものだ。それが今、蘭の頭の中にありありと鮮明に映し出され、二人の施主の筆致と共に蘇った。

あの二人には接点があったのだろうか。同じ街に住んでいるのだからあったとしても何ら不思議はない。仮に同業種の人間であるとすればなおさらだ。だが男は田中の紹介だとは言っていなかった。あくまでふらっと立ち寄ったという体で事務所を訪ねてきた。

それにしても不思議な図だった。例えばこの中庭を有する家の間取り図から余計な要素をすべて取り去って抽象化した図形に還元した場合、ノートの図とは真逆の様相を呈する。中心の中庭は周辺をとり巻かせ、佇んでいた。その存在が螺旋のように辺りを巻き込み寄せ集めようとする。一見周囲の環境に溶け込もうとしているがそうではない。逆である。周囲のあらゆる事物は中庭に吸い寄せられ、集約されようとしているのだ。この家は田中や他の施主の家とは真逆の性質を持っている。多くの人間が抱く過去への郷愁といったものに対して穏便に接続するのではなく、この中庭が遠い過去を遠いままに強引に現在に引きずり寄せる。そしてノートに描かれた図は周りの事物を侵食するためにのみ存在するかのように不吉な枝を張り巡らせていた。それ自体内容を暗示し、触れることを許容しない毒性の植物のように。図式はその独自の形態により確かに警告を発していたのだ。

施主に伝えるべきことがあるような気がした。だがそれが何であるか分からない。できるのはただ、壊れやすいはしごに注意しながら自らの想像力の源泉に降りていくことだけだ。無事に帰って来られるかどうか分からない探求に出かけなくてはならない。現場の記憶が頭の中で情景をつくって描き出される。もう一度中庭を囲う壁の周囲も歩いてみた。荒々しく暗い色調に沈んだ草木と小石の色、それから……、啜り泣くような鳩の鳴き声。記憶はいつしか自らの過去に侵食され色彩を奪われる。大きく開かれた魚の口のような闇が穴を開けて待っていた。

手元には佳奈がＣＡＤで描き起こした現況図がある。自由に創造するために詳細な情報をあえて省き、必要最小限の要素のみに純化されたものだ。しばらく考えに耽った後、蘭は一本の線を引いた。

＊

扉の開く音がして外の廊下から蛍光灯の光が射し込む。軽い音を立ててすぐに扉は閉まる。薄暗い部屋の中、古い板張りの床を刻む高いヒールの音が背後から近づいてくる。そのまま横を通り過ぎ正面にまわり込んだ。赤いボディアーマーに身を包んだ女は小学生位の子供が使う小さな木の椅子に腰かける。大きく脚を開いて膝の上に片肘をつく。それから覗き込むようにして首を下げた。細く長い手足を持つ女はとても美しい容姿をしているが、その仕草はどこか男のようでもある。後ろ手に縛られたまま膝をつく未亜は顔を上げない。体の大きさに比して小さな顔が耳元にまで近づく。

「ねえ未亜さん、こっちを見て」

低いその声が微かな吐息を伴い耳朶《じだ》を這う。それはゆっくりと時間をかけた愛撫のようにしめやかなものであるが、そこには暗闇の底から浮かび上がる憎悪の確かな感触があった。

「あなた、あの時どうして逃げなかったの？」

未亜は答えない。傍らには黒い圧縮ラバースーツが置かれている。

「話したくないことは、黙っていても良いのよ。それより、ここがどこだか分かる？」

やはり女は口を閉ざしたままだ。

「分からなくて当然ね。私たちまだお互いのことをよく知らないんだもの。じゃあ、しばらく私のおしゃべりに付き合ってちょうだい。女同士、積もる話もあるでしょ。訳あって今はもう使われていないんだけど、ここはね、黒鳥と私が子供の頃を過ごした児童養護施設よ。彼は、どこからともなく連れてこられた。私は親に捨てられたの。そして、この建物でいろいろな経験をした。誤解しないでね、ありふれた、ごく普通の子供の生活よ、ある時までは……」

赤い服の女は人質の顔をじっと見つめる。

「それにしても私たち、ぜんぜん似てないわね」

そう言われて初めて顔を上げた。エリナの顔が眼前に大写しになる。相手が自分よりはるかに美しいことを認めなければならなかった。似てると言えるのは髪の色だけだ。それすらも、自分のは短い髪を染めたまがい物でしかないという事実を思い知らされるだけだった。もしかしたら黒鳥はこの女と似た色の髪を求めていただけかもしれない。そう感じさせるほどにその美は圧倒的だった。この冷たい、射すくめるような青い目が、黒鳥をも飲み込んでしまうのではないか。そうなるくらいなら二人とも殺されてしまえば良いと思う。もし自分が生きて帰るとしたら、それは黒鳥がこの混血の女の美しさに屈しなかった時だけだ。美しい女は人を傷つける。今、そのことを思い知った。

「あなたの、そのいじらしいところ、好きよ」

エリナは笑っている。未亜が自分の美しさを認めて屈服したことを悟ったのだ。そしてその惨めな気持ちを悟られまいと下を向く様子を嘲笑っていた。心の中で凱歌を奏している。それを隠す術は心得ていたが隠しはしなかった。その代わり小さく溜め息をついてから言う。

「私は、こんな気の利かないところで男ばかりに囲まれて育ったから、女同士のお喋りには慣れてないの……。それに、本当はね、こういうのは嫌いなの。だから、もう行くわ。心配しなくても明日の朝、彼は来る」

「知ってる」未亜が初めて口をきいた。

「たいした自信ね」

「そうかしら」

「じゃあついでに、これも知っておいた方が良い。あなたのためだけに来るとは限らないということを。彼は、いや、私たちはね、ある男の歪んだ想像力から生まれたの。その世界を終わらせるために、黒鳥は来る」

大抵の人間は自分の寿命を全うしたいと思い込んで生きている。正確には全うしないといけない気になっている。それが生への執着の正体だ。そして最後までその呪縛に絡めとられたまま死ぬ。しかし同じ施設で育ったふたりは違った。ふとした時にすべてを台無しにしてしまいたいという衝動に駆られる。他人との責任ある関係や安定した生活というものが目の前にちらついた途端、それをひっくり返したくなった。暗い情念が生の呪縛から自らを解き放つ。

「女と男のことについて、私なんかに言われたくなかったわね。実際に彼の味を知っているのは私ではなく、あなただもの」

「たしかに」見下したように未亜が言う。

「そんなつれない言い方をしないで。私だって、彼についてあなたが知らないことを知っているかもしれないでしょ」

「どんな女か見てみたかったの」

「どういうことかしら」

「私はちゃんとした家庭に生まれた。収入の安定した両親に育てられて、上海の大学で薬学を学ぶこともできた。お茶を知ったのもその頃よ。とても恵まれた境遇にあったと言える。だから、どうしても知りたくなったの。自分と真逆の性質を持つあなたの、どこにそんな魅力があるのか。それが、最初の質問に対する答えよ」

「それで、何か分かった?」

エリナは次に未亜が言おうとしていることが分かっている。

「ええ。あなたはとても美しい。でも、それ以上に醜い。あなたはもっと見つめた方が良い、その空虚な内面を」

エリナはそれを見るわけにはいかない。どれほど醜いものであったとしても、それは今でも自分自身であるのだから。

「今夜は、そこで寝てもらうわ」

女はこれ以上話を続けるつもりはない。簡素なシングルサイズのベッドを指さす。

「分かってると思うけど、一晩中、部下が見張ってるから、変な気は起こさないでね」

それから未亜の後ろに回り手首を絞めつける紐に手をかけた。背後から耳元に囁きかける。

「早く寝た方がいい。起きていると、夜があなたを抱いて、どこかに連れ去ってしまうかもしれない。本当の夜というのは、誰もが、決して見てはいけないものなの。どうしても眠れなければ、自分の眼球をえぐり出しなさい。そして、そのまま捨ててしまうの。もちろん、光を失った暗闇の世界でも、あなたの耳と鼻は、灯りを欲する。本物の孤独を、飢えを感じながら。

あなたの自由は、あの小さなベッドに圧し潰される。闇に生きるということがどういうことか、その時初めて知ることになるわ」

紐をほどいてエリナは部屋を出ていった。再び薄暗い部屋に独りでいる。赤いハイヒールにかしずいていた影がまだ部屋に残ってこちらの様子を窺っている気がした。夜がすぐそばでじっと見ている。紐をほどかれ自由になったはずの手はまだ動かすことができずにいた。

＊

目の前の古い木の棚には埃をかぶった小さなガラス容器がたくさん並んでいる。上から蓋を落とし込むだけの密閉性の低い造りではあるが、中の液体はまだ残っている。透明のものもあれば、泥水のように濁ったものもある。それらにはシールが貼られ、手書きの文字で「ヨード」とか「消化弾」などと書かれている。子供たちが体調を崩したり怪我をした時に使われたものだ。現在では使用を禁止されている毒性のものもある。エリナは診察室の医師用の椅子に深く腰掛け、それらを眺めている。単純な成分とその混合により、それらの薬品は子供の抱える症状にとてもよく効いた。

——あの人のことが、とても好きだ。

時々そう思った。だがそれは、正確に言い当ててはいない。

——あれが好きだ。あの人の創りだす作品が。

こちらが正しい。それは暗闇から生み出される。最も心の奥深いところにある感情から。あらゆる成分に精通し、自在に組み合わせて芸術作品のような死体を生みだすあの男の暗殺術は憎悪がその創造の源となっている。同じだ、私と。そのことがエリナにははっきりと自覚された。憎しみの感情に支配された世界の感触を、離れていても分かち合いながら生きてきたと知っていたから。砂の上を歩くように足取りは重く、自らの運命の重みに耐えながら歩いてきた。ふと思う。もしかしたらこの診察室が彼の原点であったのかもしれない。無邪気に目の前のものを混ぜ合わせて遊んだ記憶が蘇る。だが、真珠のきらびやかさが常に荒々しく暗い色調の貝殻に覆われているように、それはすぐに蓋を閉じられ見えなくなってしまった。

椅子を回転させ、窓の方へ向きなおった。女の虚ろな目は大きな丸い球体を見つめている。

ヤマカガシという蛇がいる。不気味な斑紋を持つこの毒蛇は自ら生成する毒の他に、捕食したヒキガエルの毒を体内に溜め込むことで二種類の毒液を持つことで知られる。私のようだ。生まれつき持った毒とこれまで自らに否応なく影響を及ぼしてきた者から得た毒で牙をむく。水草の茂る沼地の陰で哀れな小動物たちを静かに音も立てずに飲み込んできた。あの時、梅宮によりこの世に産み落とされて以来膨張する巨大な闇。それは心の中にあり、私がすべてを失うまで膨らみ続ける。今や手の届きそうなほど近くにある、この満月のように。闇が目の前で妖しく輝いている。

「スラブは、スレイブ……」遠い昔に聞いた言葉は、今、すぐそこにあった――

施設の受け入れ期限である十八歳になるまでにあの男を殺すと決めていた。周到に計画し実行までの段取りも整えていた。だが事はそう簡単に運ばない。エリナが高校三年生の秋、梅宮による少女への性的暴行事件が発覚する。この男は教会の威を借り、逃げることのできない子供を奴隷《スレイブ》化していた。事件を契機に多くの少年少女への、長期にわたる暴力と性的虐待が明るみに出る。騒動は大きくなり、施設には連日マスコミが押しかけた。そのうちに管理者の責任を問う声が上がり始める。保身を図る教会側は追求をかわすために梅宮を解雇した。結果的に、これが功を奏したのかは分からない。だが世間は一区切りがついたと考えたようだった。納まるべきところに納まったという訳だ。それに、類似の事件は当時の日本では既に珍しいものではなかったという事情もある。他の事件と同じように、皆すぐに興味を失い、事件そのものを忘れてしまった。ただ一人の被害者を除いて。

卒業してすぐに梅宮を探しだした。突然目の前に現れた女を見て男は狂喜した。すっかり大人の女に変貌してはいるが心はまだ子供のままで、恐怖による洗脳は解けていないと思い込んでいる。すぐに自分の部屋――隣の市の新しい職場の近くに借りた――に連れ込んだ。酒の空き瓶が部屋のあちこちに放置され、スナック菓子の食べかすが床に落ちている。以前と同じようにシャワーは浴びない。エリナが薄手のコートを椅子の背もたれに掛けると、そのままベッドに投げ出された。この男がどのように女を犯すのかはよく知っていた。立ったまま、めくれあがったスカートから覗く白い肌を下卑た目でじっと見ている。力づくで押し倒され、男が蔽いかぶさってきた。腰の後ろに忍ばせておいた注射器を右手で掴み、指先でゴム製のキャップをずらすようにして外す。何度も練習した動きを相手に気取られることはない。

太い腕に細い針が深々と突き刺さっている。エリナは生まれて初めて人に注射針を刺した。勝負は一瞬で終わらせる必要があった。毒を流し込む動きが遅いと梅宮が腕を振り払い、その力で針が折れるか抜けるかするだろう。

「このガキっ！」忌々し気に悪態をつくが、その間に素早く親指に力を込めた。注射針には高濃度の亜ヒ酸――ヒ素のことだ――が充填されている。この水溶性の毒――シロアリ駆除に使うため施設にたくさん保管されていた――は血中に混入すると瞬時に全身を駆け巡り、短時間で対象者を死に至らしめる。後には黒鳥と同じくより複雑な調合を好むようになるが、これが確実に梅宮を殺害する方法だとその時は判断した。

すぐに吐き気に襲われた梅宮は大量に嘔吐した。それから呼吸困難に陥った。エリナはベッドから出て安物のパイプ椅子に腰掛けた。そのまま苦しむ様子を見ていると、ほどなくして男は死んだ。ヒ素により中枢神経に異常をきたしたのか、単に吐瀉物で喉を詰まらせたのか、それは分からない。意外に簡単なことだと少し驚いたのを覚えている。もっと抵抗されると思っていたのだが、体内に打ち込んだ瞬間に否、針を刺したその瞬間に相手は無力になった。あれほど自分を苦しめた人間が、ほんの僅かの液体であっけなく死んだ。おまけにヒ素などの摂取すれば確実に死に至る毒物は、身のまわりにたくさんある。それらは大抵ただか、そうでなくともとても安価に手に入る。その事実に気持ちが昂る。何か新しい力を得た気分だ。だが同時に何かを失ったのも確かだった。十代半ばの頃から続いた性的虐待によって既に精神が蝕まれていたとはいえ、その時まではまだ心があった。何かが溶けて流れ出ていくのが分かる。新たに芽生えた犯罪への興味で黒鳥への愛も氷で割られたウイスキーのように薄まってしまった。そして月がかつて心と呼ばれたものの代わりに宿った。大きくて丸い妖しい光を放つ満月が。

それからは速かった。施設にいた頃からよく観察していた男を最初の仲間にする。一回り以上年上の背の高い男の名は吐田といった。黒鳥が姿を消して間もなく職員として採用されている。エリナはこの無口で冷酷な男が抱える孤独を見抜いていた。狭く閉ざされた環境で鬱屈した思いを溜め込んでいた吐田も、梅宮を殺したエリナに心酔した。最初の手下としてボスに役立つべく、見込みのありそうな若者を次々と仲間に引き入れていく。古巣である施設が問題を鎮静化した後、人知れず閉鎖されたことも手伝って労せずして集めることができた。集団は様々な犯罪に手を染めるようになり、ある時名称が必要であることに気づいた。同じ施設の出身者ばかりの集団であり、多くの者が梅宮に隷属させられてきたことから「ＳＬＡＶＥ（スレイブ）」とした。この名称について、メンバーがいつか過去を克服し清算するために付けられたと考える外部の者もいたが、そのような純粋な考えを持つにはエリナや、吐田を初めとする部下たちは社会の現実を知り過ぎていた。

数年経つとスレイブはより組織化され、極めて洗練された手法を用いる暗殺集団として知られるようになっていた。他の組織と関わることも多くなる。医化学研究所はその一つだった。所長を務める深澤の裏の顔で行う犯罪は自分たちの生業と親和性が高い。だが、そこにはシステムが介在し厳格に機能している。あくまで上流にいるのは深澤で、自分たちは汚れ仕事を請け負うだけの下流の存在でしかなかったのだ。この関係性はとても強固なものでありエリナを苛立たせたが、結局のところ納得して諦めるしかなかった。システムとはその強固さ故にシステムたり得るのだから。容易に突き崩せるようなものならそれはシステムではない。その堅牢な檻の中で少しでも優位に立つには、金を稼いで力をつけるしかない。自らの内に秘めた毒をより強いものへと昇華させ、さらに新たに飲み込んだ毒を蓄えてきた。そして今ようやく機会《チャンス》が巡ってきたのだ。田中という研究者が不用意にデータを持ち出したお蔭で、それはいま自分の手の中にある。あとは黒鳥の持つパスワードを手に入れれば、深澤を私の前で無様に這いつくばらせることができるだろう。

明日、黒鳥を殺す。だが、それであの男のことを忘れられるだろうか。空虚な心は答えを求めてしばしその狭い空間を彷徨《さまよ》った。蒼白い月明りが容器の並べられた棚の奥まで射し込み、過去の記憶をあぶり出す。古ぼけたフラスコの陰から、一片の思惟が顔を覗かせた。

——笑うのね。でもあなたがあの時、嗅ぎつけたのよ。

かつて薔薇のように香り立っていた女は、花も葉も落ちて鋭い棘だけが残されていた。

――あなたが憎い。なぜなら、あなたを愛していたから。

＊

「せっかくのいい男が台無しね」

椅子に坐った姿勢のまま放置されている及川の死体を見下ろしながら、結衣は独《ひと》り言《ご》ちた。確かにひどい死体だった。手足が奇妙な形にねじ曲げられている。下顎ははずれ落ち、頭部から胸部へと至る肉の連なりに大きな暗がりを生じさせていた。

――ムンクの「叫び」みたい。

絵画に興味のない者でも一度は見たことがある絵だ。少々コミカルでもある。黒鳥の作品を模倣しているように見えなくもないが、似ても似つかぬものだ。見る者が見ればそんなことはすぐに分かる。他人をここまで傷めつけなければ気がすまない人物というのは、当然のことながらまともな神経の持ち主ではない。それもそうか。自分たちと仕事を共にする者なのだから。

絨毯にできた血溜まりを青いハイヒールで踏みつけた。赤黒い血に浸かった細いヒールの先端と爪先の二点で体重を支えている。浅瀬で水浴びをする鳥のように見えなくもない。

スマートフォンを取りだす。指先が何度か画面に触れた。地中海を思わせる群青色に塗られた爪は様々な快楽を想起させる。

「悪い奴らの居場所は分かったの？　刑事さん」

小鳥が囀《さえず》るような、軽い調子で語りかける。

「ああ、君のお蔭でアジトを掴むことができた。今そこにいて、奴らを見張ってるんだ。だから、今日は会えないな」捜査車両に身を潜めた小林が言う。

「そう、寂しいわ。でも見張るのは得意なのよね?」

「もちろん、すべて終わったら連絡するよ」

「ええ、そうして頂戴」

いつものように男を惑わす美しい声で囁くように言う。電話を切ってひとりほくそ笑む。

――馬鹿な男。すべてが終わった時、私はもういない。

*

精神の最も深いところにまで降りていくことには大きな危険が伴う。そこはいつも真っ暗で、何も見えず何も聞こえない。そして蘭以外には誰もいない。いつまでそこに留まるのかも分からない。孤独なまま過ごして時が来れば――それを判断するのも自分自身だ――もと居たところに帰ることになるのだが、その時にはもう戻れなくなっているかもしれない。戻れたとしても以前とは違う内面を持った人物となっている。それがどのような変化をもたらしていたとしてもだ。その恐怖に打ち勝たなければならない。

勇気を出して降りていき、しばらくそこに留まっていると少しずつ目が慣れてくる。光を吸収し尽くした暗闇はすべての色彩を奪っているように思われるが、実はそうではない。目を凝らしても無駄だ。呼吸を整えて心が静まりほんの僅かであっても滲み出るような光を感じとることができるまで集中する。あるいは聴覚や嗅覚が先に目を覚ますかもしれない。耳を澄ませば何かが語りかけてくるような気がするし、懐かしい匂いがする時もある。

蘭はまだそこに踏みとどまっている。この場所がどこであるのかようやく分かった。『やすらぎ』の中だ。まだ生まれて間もない蘭が寝かされた赤ちゃんポストの中にいる。淡いピンクを基調とした室内は花柄の壁紙が貼られている。だがそれ以前のことはどうしても思い浮かばない。否、この小さな空間そのものも実は蘭のつくり出したイメージであり本物のポストとはかけ離れたものであるかもしれない。ただ微かなぬくもりは感じる。私を捨てた母親のものであろうか。ポストまで自分を連れてきたのは紙に書かれた文字から母親であると確信している。母はどのような気持ちで私をここに寝かせ、そして去っていったのだろう。二度と開くことのない扉を最後に眺めた後の人生において、その光景を思い出すことはあっただろうか。すべては記憶の彼方にあり、何も分からない。ただ、これだけは言える。

――母が幸せに暮らしていることを願う。

幸福とまでは言えない人生かもしれない。それでも、今日という日を不足なく健やかに送っていることを願う。明日の私は、もうこれまでの私ではないのだから。深い海の底から恵みを持ち帰る際には少々波が立つ。その後の景色はまた大海原が広がっているが、それは既に同じものではなくなっている。とめどなく押し寄せる波はこれまでどおりの光景をかたちづくっているが、一つとして同じものはなく別の新しい何かに生まれ変わっている。

　デスクライトの光をたよりに色鉛筆を走らせる。荒々しい筆致の抽象画のようにも見えるそれは、CADによる細い下書き線をすぐに覆い隠してしまった。黒色はそれぞれの部屋の境界を思考の赴くままに何度も濃く刻みつけた。ヴォリュームを塗りつぶす紫色や若草色は刻まれた境界線に抗うように、その範囲を大きくしたり小さくしたりしながら形を変え続ける。中心部にひと際大きく塗られたゾーンがある。オレンジ色で塗りつぶされたそれは中庭が持つエネルギーを自在に解放させ、また閉じ込めたりしながらそれ自体がまるで生き物のように取り囲む部屋や周囲の木々などとの関係性を見いだそうとしているようにも見える。

　新たな生命と言うべきものが生まれつつあるのを感じる。まだ頭もなく四肢も定かでない。ただ、その顔もはっきりしない生き物の皮膚に唯一はっきりと現れでた眼が体の上のあちこちに移動するように、光の重心は動きまわり蘭の思考も目まぐるしく移行した。線はのたうち這いまわる。青が大きくなったかと思えば、すぐにオレンジがそれを侵食し食い尽くす。このようなことが短い時間に高い密度をもって行われた。そこには何か暴力的なエネルギーが宿っているようにさえ思われる。依頼主がそうさせたのであろうか。あるいは、それは暗い海の底で見つけてきた蘭自身の内面の発露であろうか。

　どれだけの線を描きどれだけの面を塗りつぶしただろうか。気がつくとすべての作業を終えていた。目の前には、先ほどまでの荒々しさが嘘のように、丁寧に描き直されたプラン図が置かれていた。無事元の世界に戻ってこられたのだ。いつもなら施主に見せる前に佳奈にＣＡＤで製図させるのだが、今回はこのままの方が良い気がした。もう一度じっくりと紙面を眺める。それから大事そうにＡ３の紙を持ちスキャナーにかけた。

＊

メールの受信を知らせる通知がスマートフォンの画面に表示されている。昨晩のうちに届いていたようだ。及川のことが思い出されて動揺したが、差出人は蘭だ。ラフプランができたので見て欲しいとある。短い本文は多くを語っていない。図面を見れば分かるとでも言いたげなさらっとした文章だ。添付されているＰＤＦデータを開く。小さい画面では見にくいのでプリントアウトした。ソファに腰を下ろし目をとおす。白い紙に印刷された線が織りなす空間の連なり、それが想起させる立体的起伏を詳細にイメージしながら読み込んだ。殺し屋という人種は、ターゲットの家を調べる際に図面を入手して見る機会もあるので、空間の把握能力は高い。

プランの良さに疑いの余地はない。そして気づいた。未亜を救った後に自分が何をすべきなのか。家を出る前に伝えておかなくてはならない。万が一目的を果たすことができなかった場合には手遅れになってしまう。黒鳥は素早くメールを打った。

蘭さん、早々にプランを作成頂きありがとうございます。一見控えめな印象でしたが、とても気に入りました。

私は今あなたによって家だけでなく、人生を再生してもらっているという感覚を持っています。すぐにでも詳細について打ち合わせたいところですが、片付けてしまわないといけない仕事があるので終わったらそちらに伺います。


少々言葉足らずだがこれで良いだろう。それから本文に追記して、家のこととは別にもうひとつ頼みごとをした。及川が死んでしまった今、蘭にしか頼めない内容だった。怪訝に思われるだろうが、不思議と引き受けてくれる気がした。これで心おきなく戦える。

図面を小さく折りたたんで上着のポケットに仕舞った。

メールを送るとすぐに戦闘準備を整えた。昨晩のうちに武器はすべて準備できていたが最後のチェックをする。注射器を身に付けておくための小型ケースと、予備の分を仕舞っておく鞄を開ける。大量の毒薬が充填されて並んでいる。その小さな本体に比してとても太い針を持つ特製の注射器は未亜の店で調達したものだ。あらゆる戦況に対応できるよう細かく種類が分けられていた。それぞれの毒性は違うが即効性の高い鉱物系と神経毒を混ぜ合わせたものを中心に構成されている。それらは微妙に異なる色合いをしており、とても美しい。物騒な容器にさえ入っていなければ高級な白ワインや青茶と言われても誰も疑わないだろう。

最後にテーブルに置かれた銃を手にとった。ワルサーP99。かつて救えなかった女をこの手で殺さなければならない。その厳かとも言える重みを感じると、祈りにも似た感情が湧いてきた。

——及川、あんたの仇は必ずとる。

8　岩場の女

まだ暗いなか、開け放たれた門扉を通り抜けると校庭のような広い運動場に出た。舗装はされておらず、ざらざらした砂の感触を拾いながら車は建物の前まで進む。エンジンを切って辺りの様子を窺うが人の気配はない。かつてと同様、外壁は黒ずんであちこちにひびが入っている。建物の背後と運動場の周囲は背の高い針葉樹が黒い幹を垂直に伸ばしていた。昼間でもこの空間が真っ暗だったことを思い出した。陰気な雰囲気は当時と何も変わらない。

車を降りてエントランスに向かう。到着してからの動きはすべて窓から監視されているはずだ。扉を開けて中に入る。高い天井のエントランスホールは湿った黴《かび》臭い匂いがした。正面の壁に掲示板がある。大きく「ここから逃げた男」と書かれているような気がした。奥には吹き抜けに面した階段がある。硬い鉄製の段板を踏んで二階へ上がる最中にも、同じ言葉を後ろから投げつけられているような気持になった。

どこへ行けば良いかは分かっている。最後にエリナを見たあの部屋だ。俺はもう一度あの扉を開けなくてはならない。動揺はない。親友を殺され未亜が危険に晒されている。エリナとその組織の人間を殺すと覚悟を決めた。一段一段と階段を上がる。それは過去の人生において背負ってきた苦悩や残虐の記憶、友を失う悲しみを背負った歩みでもある。今の黒鳥はそれらの重みに耐えかねて押し潰されることはない。ひと足で飛び越えていくのではなく、その重みに耐えながらゆっくりとではあるが確実に前に進み、上がり切る力強さを身に付けていた。

二階には長い廊下に面していくつかの部屋が配置されている。当直室はここから最も離れた北面に位置していた。リノリウムの硬い床を踏みしめ狭く暗い廊下を奥へと進む。角を曲がると一番奥の部屋の前だけ天井の蛍光灯が点いていた。蛍光管が切れかかっているのか不規則な明滅を繰り返している。あの時と同じだ。青白い光に吸い寄せられるように過去へと向かった。

目の前に扉がある。薄いベニヤ板にペンキを塗っただけの扉が。かつて見た時よりずっと小さく感じる。錆色の握り玉を左に回す。かちゃりと乾いた音を立てて扉は開かれた。

十五畳ほどの部屋は仕切りのない一室空間で、職員が夜を明かすための簡易な設備が整えられていた。ミニキッチンとダイニングテーブルに小さな一人掛けのソファと小型テレビもある。そのすぐ横にはシングルサイズのベッドが置かれており、女が腰かけていた。赤いエナメルのボディスーツを着て床に置かれた黒い物体を見下ろしている。物体はとても奇妙な形をしている。自分の体より大きな動物を丸呑みして身動きがとれなくなった蛇のようにも見えるし、あるいは巨大な神殿を飲み込んだクジラのようでもある。いずれにしても中に生き物が入っているることを示唆していた。呼吸の速さに合わせて自らを閉じ込めている表皮を伸縮させている。息を吸うと光沢のあるラバー素材はぴたりと頭部や四肢に張りついて膝頭や尻、爪先などの先端が鋭角に突き出た。吐くとその輪郭線はたるみ、曖昧になる。未亜が中に入っている。膝を抱えるように体を折り曲げられた状態で。

黒鳥の両脇には吐田ともう一人の手下が控えている。ゆっくりと女が立ち上がる。虚ろな目で漂うような動きだが、その足下は高いヒールで床をしっかりと踏みしめていた。

「黒鳥」

エリナは、かつて愛した男をまっすぐに見据えた。息をのむほどの美しさだった。

昔に比べ少しだけ肉付きがよくなっている。戦闘服でさえその肉感的な体の線を隠すことはできない。その下に隠された滑らかで張りのある白い肌を容易に想像できるが、昔のように痛々しい痣を付けられていることはないだろう。鎖骨のあたりまで伸びた金色の髪は無数の蛇が鎌首をもたげるように毛先が波打っている。伸びた背がその美しさに崇高さとでも呼ぶべきものを添えていた。

だがこれほどまでに心奪われる美を湛えているというのに、かつての面影はもうそこにはない。憎しみを宿した青い目が硬い石のように鈍い光を放っている。エリナの視線が胸を射抜く。心臓が震え戦《おのの》いた。そして黒鳥もまた未亜と同じことを思う。

——美しい女こそが、人を傷つける。

黒いゴムの塊と化した人間を床に置き、あらゆる憎悪の感情で武装した女が目前にいる。

「あらためさせてもらうぞ」

吐田が指示し手下がボディチェックをする。注射器と及川から託されたワルサーはすぐに見つかり大男に取りあげられた。

「あら、銃も使うようになったのね」

微かに笑みを浮かべたように見えたが、これまで使ったことのない武器を持ち込んだことに対して警戒を強めたのは間違いない。

「もう分かってると思うけど、あなたの未亜さんよ」

よく見るとラバースーツの後ろ側——背中のあたりだろう——からホースが延びてエリナの足下に置かれた圧縮機に接続されていた。女は爪先で床を這い回る虫でも潰すように機械のスイッチを押した。ヘアドライヤーのような騒音が巻き起こったかと思うと次の瞬間、ラバースーツに残されていた僅かな空気を一気に吸い取ってしまった。

「未亜！」

吸い込む空気を失った圧縮機はもう大きな音は立てない。その代わり伸縮性に富んだゴムの生地を全身に密着させ、ぎしぎしときしませながら肉体を締めあげた。関節の裏側から髪の毛の一本一本に介在する空気層までまるで濡れた雑巾を絞り切るように。丸められた体の不格好な境界線が露わになった。途切れ途切れにくぐもった呻き声が漏れ出ている。確かに未亜の声だ。あらゆる方向から締め付けられると肉体は力を逃がす方向を失う。すぐに身動きがとれなくなってしまった。窒息死してしまうのは時間の問題だ。

黒鳥も動くことができずにいる。背後に回り込んだ吐田がサバイバルナイフを喉元に添えていた。黒鳥が我慢できずに動きだすのを誘うかのように、触れるか触れないかの位置でその手は静止している。

「大丈夫よ、落ち着いて」

醜く縮こまった恋敵と、その傍らで蔑むように見下ろす女の対比は強烈だ。

「あなたは違うかもしれないけどね、私はこの遊びのことをよく知ってるの。言ってること、分かるでしょ？」

しゃがみ込みながら腰に差していた小さなナイフを抜く。鋭利な刃物は空を漂って人間の頭部らしき塊に近づく。ある部分が浮彫りをほどこしたように半ば開きかけた唇を象《かたど》っていた。彫刻作品のように微動だにせず、死んでいるようにも見える。ナイフの先端が唇の合わせ目の少し窪んだ部分を探り当てた。息を吸おうとする度に奥へと食い込むラバーはとても張りがある。銀色の尖った刃先が触れるとぱっくりと大きく裂けた。瞬時に空気が流れ込み未亜の大きな喘ぎが部屋中に響く。エリナはようやく息のできるようになった女の背中を軽くさすって落ち着かせた。飼育している犬でも撫でるような手つきで一通りの手順を踏むと立ち上がる。再び黒鳥と対峙した。よく知った匂いがする。濃密な殺気が放つ熟茶のように隠微な香り。何か言葉を発しようとしたが、喉は強張ったまま力を籠めることができない。

「そんなに怒らないで、ただのお遊びって言ったじゃない。そういえばあなた、昔こんなことを言ってたわね。『真実の愛が見つかるまで、人生は遊び』だって。だから私は、今でもこうやって遊びに興じてるの」

──あの時、そう言ったのは……

「それで、あなたは？　見つけたのなら、全力でそれを守って、失わないようにしないとね」

「未亜を返せ」

女はピンヒールの底で未亜の頭を踏みつけた。

「パスワードを」そのままの姿勢で冷たく言い放つ。

ダイニングテーブルにはノートＰＣが置かれ、ＵＳＢが差しこまれている。

「ゆっくりとだぞ」

吐田がナイフを喉元に当てた。冷たい金属の感触が全身の神経を駆け巡る。上着のポケットから紙きれを取り出した。黒服が受け取りテーブルにつく。ＰＣに向かって長い暗号をミスのないよう慎重な手つきで打ち込んだ。すべての入力が終わり、少しの間があく。

「アクセスできました」

小さく頷くようにしてＰＣを持ちあげ、画面を向ける。ふたつの螺旋が複雑に絡まり合う様子は人知を超えた力を有しているように見えた。それがもたらす無限の力と富を画面の奥に認めたボスは満足そうな笑みを浮かべる。パンドラの箱が開かれたのだ。女が黒鳥に向き直る。

「ありがと……」

紙に含ませておいた猛毒のリシンはすぐに効いた。男が倒れ泡を吹いて悶え始めた。

「考えたわね」黒鳥の、黒い革手袋を見て言う。

吐田の腹部を肘で突き背負い投げる。倒れ込みながらも体が入れ替わり、巨体を楯のようにして奪われた銃を抜き取る。世界が大きく反転した。女の位置は把握している。片膝をつき、目線を上げながら銃を持ち上げる。だが、エリナが銃を突き付けていた。黒鳥を見下ろし、額の真ん中に狙いを定めている。美しかった青い目は今はもう何も語りかけていない。ただ静かに終わりの時を告げている。

無事に未亜を連れて帰ることは叶わなかった。もう一度、生まれ変わったあの家で新しい関係を築くはずだったのに。

「さようなら、黒鳥」

引き金が引かれ、静寂が破られた。

＊

名を名乗らない者が及川の殺害現場を通報した。女の声ということだけが現時点では分かっている。明け方近くまで張り込みをしていた小林にも連絡してくる者があった。

「お前、今どこにいるんだ?」木本が聞く。本当は知っているくせに。

車のエンジンは切られ、あたりは静まり返っている。

「女の家だ」

「嘘だな」

「なぜそう思うんだ?」

「言ったはずだ。俺は声の調子で、そいつの置かれている状況が手に取るように分かる。お前は今晩、女を抱いていない」

「じゃあ聞かなくてもいいだろ」

「そうはいかない。会話には順序ってものがあるんだ。お前が俺に近況を伝え、そしたら俺もお前に、ちょっとした情報を渡す。挨拶と同じだ」

どうやら何か掴んでいるらしい。

「スレイブのアジトだ」

「やはりな。それで、探してる奴は見つかったのか?」

「いや、まだだ」

「そんなことだろうと思った」

「どういうことだ」

「市内のマンションで他殺体が見つかった。死体の状況から、昨晩の倉庫の件と関連がありそうだ」

「すぐに向かう」

小林は電話を切ろうとするが、木本が制する。

「話は最後まで聞け。現場から走り去ったセダンも、倉庫近くで確認されたのと同じ車種だ」

「つまり……？」

「そっちを追った方が、犯人に辿りつく確率は上がる」

「お前、本当に警察の人間か？」

「警察だから何でも知ってるんじゃないか。国家権力をなめるな。それより、たまには俺にも女を紹介しろ」

「何でも見透かしてしまう奴なんて、女が嫌がるに決まってる」

俺ですら辟易しているというのに。

「隙だらけのお前と、足して二で割ればいいんだがな」

「確かにそうだ。念のために言っておくが、俺の動きについて誰にも話すんじゃないぞ」

「そんなこと、言われなくても分かってるさ。さっさと行け」

木本は犯人が向かった先を教えた。Nシステムに侵入して経路を抜き取ったのだろう。この男のやっていることはハッカーと変わらないが、小林もまた署に自分の動きを伝えていない。

お互いの秘密を共有し合う同期の仲間だ。エンジンをかけ思いっきりアクセルを踏み込む。一刻を争う事態だ。確信に似た勘のようなものが働いていた。このような重要事件を勝手にそれも単独で捜査することなど許されるはずもないが、なぜか自分一人の力で現場を制圧できる気がした。山道を登る小型セダンは車重のわりに馬力がなく、アクセルを床まで踏み込んでも一向にスピードは上がらない。ボディ剛性も低く連続するカーブに車体が大きく傾く。体が揺れてシートからずり落ちそうになった。そんな間の抜けた状況ではあったが小林の心は高揚していた。得体の知れない組織が絡んでいるに違いない。これほど重大でかつ刺激的な事件に今まで遭遇したことがあっただろうか。過去においてないのはもちろん、これから先も巡って来ないかもしれない。とにかく自らの心の声が言っているのだ。「行け！」と。法の元に動く『地方公務員』としては失格かもしれないが、小林の理想とする『刑事』としてはそうではない。とにかく思いっきり悪と相まみえてみたかった。

　気の抜けた排気音をマフラーから吐き出しながら捜査車両をＧＴ-Ｒの横に停めた。数日前に埠頭の倉庫から飛び出してきた車に違いない。少し離れた所にある屋外階段の前には黒のセダンが二台停まっている。木本の言った通りだ。悪党どもが一堂に会している。目を凝らして車内の様子を窺う。どの車にも人は乗っていないようだ。

　運動場に入った時から小林の車はスレイブに監視されていた。エントランス横の事務室の窓から鋭い目をした男が刑事を見ている。突然乗り込んできた男が建物をじっと見ている。施設の関係者でないことはあきらかだ。閉鎖されて随分と時が経つのだから。変わり者が目的もなく訪れたわけでもなさそうだ。だとすればここ数日の足取りを警察に掴まれた可能性がある。車には一人しか乗っておらず援護もなさそうだ。その点が不自然だが、いずれにしてもこの状況を見られたからには生かしておくわけにはいかない。男が銃を手にとる。気づかれないようにほんの少しだけ窓を開けた。

小林がドアを開け車を降りた。狙撃手との間に車体が横たわる格好だ。十五メートルほどの距離があった。少し遠いが狙えない距離ではない。夜も明けてきて視界も確保できている。身を潜めて相手が車の陰から出るのを待つ。あたりをきょろきょろと見まわしながら刑事は歩き始めた。息を殺し、刑事の歩くスピードに合わせて銃口を向ける角度を調節する。ルーフの上に見えていた頭部が前方に移動し、次いでボンネットの上に上半身が露わになった。上背のあるがっしりとした体格だ。狙撃者にとって都合が良い。じっくりと狙いを定めトリガーに指をかける。小林が立ち止まり建物を見上げる。男は引き金を引いた。

＊

銃声が聞こえた。女は引き金に長い人差し指をかけたまま耳を澄ましている。起きるべきでないことが起こったようだ。建物は静まり返っている。エリナが吐田に目配せした。組織の番人はすぐさま部屋を出て階下へと向かう。その時、ほんの一瞬だがエリナの注意が削がれた。

とても長い一瞬だった。黒鳥は銃を持ち直し銃口を心臓に向ける。胸のふくらみを目にした時、薔薇の香りを嗅いだ気がした。肉食動物の爪のような形をしたトリガーはてこの原理でごく軽い力で引くことができる。衝撃波を伴う発射音と共に銃弾がはじき出される刹那、エリナの長い腕が黒鳥の腕をはらう。身を翻した女はノートＰＣを抱え、出口に向かって一目散に駆けた。間違いなく弾は当たったはずなのだが。僅かに迷いが生じたのだろうか。続けざまに銃弾を放つが、女の動きは速くあっという間に部屋から逃げ去ってしまった。そばには床の上に放置されたままの黒い塊がある。

「未亜」

体全体に食い込んだラバースーツを両手で引きちぎって剥がしていく。最初に腕のあたりが露わになる。蝋のようなしっとりとした質感を持つ白い肌は黒い殻に蔽われたライチの実を思わせた。次いで、下着姿の体全体が露わになる。無防備な体を抱きかかえるように起こし、コートをかけてやった。

「さあ、帰るぞ」

「帰るって、どこによ」

「決まってるだろ、俺たちの家だ」

「その前に、あの女を捕まえないと。データを持ってる」

「そんなもの、所詮俺たちには関係のないものだ」

「あなた、失業したいの?」

「それも悪くない」

「だめよ、今さらまともな仕事で稼げないでしょ」

「金なら十分に稼いだささ、それでも駄目か?」

「考えておくわ。いずれにしても、あなたたち二人の問題が残ってる。けりをつけなさい、全部聞いてたんだから」

未亜は悪戯っぽい笑みを浮かべる。こんな表情を見るのは久しぶりだ。

二人は立ち上がった。黒鳥は誓う。この場所から未亜との新しい関係を築いていくのだと。かつて俺はこの忌まわしい部屋に一歩も踏み込めずにひとり逃げ帰った。そして時を経た今、勇気をもって扉を開け愛する女を救い出した。そして二人で部屋を後にしようとしている。当直室を出ると長い廊下が見通せた。床に血の跡が続いている。やはり弾は当たっていた。かなりの出血量だ。これを辿れば良い。この痛々しい延々と続くどす黒い血を見て思う。確かにまだ何も終わっていない。今こそはっきりと決着をつけるべきなのだ。屋外階段へと続く扉を開ける。

砂を踏みしだくタイヤの音を響かせ、黒いセダンが門扉から出ていくのが見えた。

*

事務室の両側にそれぞれ立って掃き出し窓から外の様子を確認する。黒服の報告どおり、車の陰に男が隠れている。車種から刑事であると吐田も判断した。

「ふん、ここ数日少々派手にやり過ぎたか」

それにしてもこんな所に向こうから一人で乗り込んで来るとは、何から何まで好都合な奴だ。さっさと始末してしまおう。銃くらいは持っているだろうが、この状況では大して役に立つまい。それにボスを一人にしておくのもまずい。あの黒鳥という男は妙に悪運の強いところがあるうえに、確かに人を惹きつけるものを持っている。それは行動を共にしたいと思わせるような何かだ。俺がエリナにそのように思われたことなど、これまでにあっただろうか。彼女が俺なんかに興味を持つはずがないということは百も承知だ。だが俺とエリナは正真正銘似た者同士だ。二人とも不器用に生きてきたし、それゆえに過去に経験した裏切りによる孤独を抱えている。

――そんな俺だから分かってやれることもある。

女がエントランスとは逆の方向にある階段から降りてくるのが見えた。エリナだ。片方の手で腹部を押さえ、足を引きずっている。もう片方の手にはＰＣがあった。万が一のことを考えて、二方向避難のための階段脇に車を停めておいたのが幸いした。そのまま降りきればすぐに乗車してこの場を離れることができる。黒鳥と未亜がどうなったのかは分からない。仮に生きているとすると、追ってくる黒鳥と刑事を同時に相手しなくてはならなくなる。それは避けたい。だがエリナの個人的な事情が絡んだ現場ということを考慮してここには俺と目の前の戦闘員二人しかいない。部屋の反対側で待機する手下に合図を送る。ライフルがないので精度が落ちるが日も昇りつつあり視界は悪くない。再び窓から銃口を突き出し若い男は銃を撃った。薄い鉄板でできたボディに穴が空く。続けて吐田も何発か撃ち込み車は穴だらけになってしまった。

「くそっ、これじゃあ蜂の巣にされるのは時間の問題だ」

次から次へと銃弾が飛んでくるので、小林は頭を下げたまま身動きがとれない。悪と相まみえるなどと言ってはみたものの、今更ながら自分の軽率な行動を悔《く》やんだ。このままではいずれ距離を詰められ、なす術もなく殺されてしまう。じゃあどうすれば良いのか？　考えろ。銃はある。しかし銃撃戦など経験したことはない。

窮鼠猫を噛む。なぜか諺が脳裏に浮かんだ。木本が言いそうな言葉だ。俺はネズミなのか？木本が言うのならそうなのだろう。あいつは何でも分かっている。えっ、木本が言ったのか？分からない。なおも銃弾は撃ち込まれる。鉄の塊に体をあずけていても、その車体そのものから弾がめりこむ衝撃が伝わる。ええい、もうやけくそだ。小林はボンネットから身を乗り出して続けざまに銃を撃った。もちろん敵が二手に分かれていることなど把握できているはずもなく、最初に目に入った手前の窓の奥にいる人影を撃ったつもりだ。そのまま車の陰から飛び出し、一気にエントランスまで走る。敵の銃撃が続いているのかそんなことはもう分からない。

弾は命中しただろうか？　俺の走るスピードが速すぎて、相手は狙いをつけることができないでいるのだろうか？　とにかく無我夢中で走り続けた。

恐怖心に負けた刑事が建物に突入してくるのを吐田は待っていた。エントランスに誘導してエリナの逃走経路を確保することが何より優先される状況だ。部下を一人失ったのは誤算だったが。肩を射抜かれた若い男はその場に坐り込んでいる。今は手当をしている余裕はない。もう一度窓の外を見る。エリナが車に乗り込むのが見えた。あとは俺が役目を果たせば良い。大男が負傷者の前を横切る。一足ずつゆっくりと踏み出すその足取りは、断頭台へと向かう処刑人のようにとても静かなものだった。

小林は転がるようにエントランスに駆け込み、呼吸を整えた。すぐに体の異変に気づく。右の太腿が焼けるように熱い。まるで、足を一本まるごと引きちぎられたような気がした。手を当てると右足はまだある。だがその手は大量の血でべっとりと濡れていた。

「やはりもらっていたか」

小林は、苦悶の表情を浮かべる。『事務室』と書かれたピクトグラムの表札が右方向を指している。自分の方向感覚が正しければ先ほど銃をぶっ放した方向だ。突っ込めば当然敵がいるだろう。そこでようやく気がついた。これは罠だ。飛び込んだが最後敵が待ち構えているはずだ。だが、このままここに残ってどうなるんだ？　追い込まれた人間がとるべき作戦はただひとつ「窮鼠猫を噛む」これだよ、木本。銃をかまえ足を引きずりながら暗い廊下を歩く。出血は止まりそうにない。右手に入口が見えた。扉は開いている。窓から届く夜明け前の光が微かに漏れていた。

——ここだ。

その時、奇妙なことが起きた。床に滲んだ光が黒く染まり、そこから影が伸びる。それはどんどん長く大きくなった。人のような形をしているようにも見えるが、大きななまずが身をくねらせて床を這っているようでもある。不吉な黒い影は音も立てずに小林に迫る。気がつくと目の前に男が立っていた。男は天井に届きそうなほど背が高く、その肩幅は廊下を塞いでしまわんばかりだ。墨で塗りつぶしたように暗い顔の表情は読みとれないが、冷たい目が小林を見下ろしていた。

「お前が誰なのかは聞かないぞ」

抑揚のない低い声が告げる。うろたえる時間すらなかった。黒い何かが視界を歪める。殴られた衝撃で小林は壁に叩きつけられた。すかさず太い腕が喉元に押し当てられ容赦のない強い力で壁に固定される。柔道で鍛えた小林よりはるかに戦闘能力が高いことを一瞬で思い知らされた。おまけにこの男は巨体に似合わず動きが速い。吐田は左腕で小林を押さえつけたままもう片方の手を胸のポケットに入れる。黒鳥から奪った注射器を一本抜き出した。筒の部分は赤ワインのような色をした液体で満たされている。親指に少し力を入れると鋭い針の先端から毒液が滴り落ちた。冷ややかな笑みを浮かべて毒針を小林の首に近づける。

この動きを刑事は見逃さなかった。注射器を持つことでできた脇の下の空間と直角に曲げた肘は柔道家の好物だ。この状況におかれれば、どれだけ小さな隙間であっても仕留める自信があった。左手を上方向に突き上げ相手の肘をはね上げる。肘を中心に針の先端が大きく弧を描き首元から離れた。勝負はここからの速さがものを言う。右足は踏ん張ってくれるだろうか。そのまま脇の下へ潜り込み背中で相手の胴体を突き上げるようにして体を入れ替えた。そのまま床に叩きつけ大男から注射器を奪う。一瞬迷いが生じた。誰かに毒を注入したことなどあるはずもない。しかしここでためらうと次の瞬間には自分が殺される。大男はまだ体勢を整えられる状態にない。覚悟を決め首に突き刺した。

「ぎゃっ!」恐ろしい叫び声が響いた。

狭い廊下に男が横たわっている。黒鳥の毒はすぐに体中を巡り作用した。既に視界はかすみ歪み始めている。刑事はどこかへ行ってしまった。リノリウムの床を通してその下に打設されたコンクリートの冷たさが伝わる。だが、おかしい。冷たいのは床であろうか。違う、俺自身の体だ。

――寒い。

エリナは無事この場を離れることができただろうか。窓に目をやる。窓枠が一枚の写真のように風景を切りとっていた。画面上部はまだ夜の明けぬ紺色の空が広がり、下の方には杉林と運動場の砂が陣取っている。それぞれの領域を占める色彩が立体感を示しつつも隣り合う色へと移行するその変化はとても滑らかだ。このような絵を見たことがある。だがまん中のあたりには何も描かれておらず、この情景はどこか寂しげだ。四角い額縁がさらに歪み、杉の木の枝から伸びる葉先は輪郭線を失う。空と杉林の境界は曖昧になり砂が木の幹を侵食した。物質がその量感を永劫に保つことは許されない。画布に絵具を徐々に馴染ませるような様は、絵画の知識のない者にも理解できるように、その制作過程を映像で見せられているようだ。否、キュビスムの強靭さが持つ永遠への憧れを放棄して弱々しい印象派の作品へと退行していく過程とでも言うべきかもしれない。

大きな黒い物体が画面に現れた。微かなエンジン音が聞こえる。運転席には真っ赤な薔薇のように鮮やかな服を着た女が乗っている。金色の髪が薄暗い周囲の空間にまばゆいばかりの光を放っていた。画布の奥にいる女が吐田に一瞥をくれることはない。それはもう、こちら側の世界には属していないのだから。だがそれも螺旋状《らせんじょう》に重ねられたソフトクリームが溶けて流れてしまうように崩れてしまった――

＊

黒鳥と未亜の乗るＧＴ-Ｒは凄まじいスピードで移動していた。下り坂であるにも拘《かかわ》らずアクセルを思いっきり踏み込む。すぐさま目の前に迫るカーブの手前でフルブレーキをかけてからさらに加速するといったことを繰り返す。上下左右あらゆる方向にねじり上げるような荷重にさらされた。

エリナの運転するレクサスは大柄なボディからは想像できないほど俊敏な動力性能を備えているらしく、未だ視界に捉えることができない。このままでは距離を縮めることすら叶わないのか。目まぐるしく視界が変化する。曲がりくねる道の向こうに神戸湾がちらつく。すぐ手前には既に社会の活動が始まっていることを示す建物の明かりが見てとれる。悠々と流れる深い川が海とこの山の上の世界を分断し、その隔たりをさらに大きなものとしていた。この川をエリナに超えさせてはならない。

激しいドライビングで体の芯が悲鳴をあげていた。筋肉が収縮し血管が脈打つ。ステアリングを切る度に、傷口から血が溢れ出る。黒鳥の放った9ミリ弾は、心臓の下あたりを貫通していた。傷の痛みに耐えながらエリナは考える。次のコーナーを抜けてしまえば直線を一気に加速して橋を渡る。その先でバイパスに合流できるはずだ。そうすれば他の多くの車に紛れこみ、黒鳥も追跡を諦めざるを得ないだろう。

——私の勝ちね、黒鳥。

ターゲットのDNAさえ入手できれば、例えそれがどのようなものであっても——飲みかけのペットボトルや吸い残した煙草などそんな程度のものでかまわない——それを元にオーダーメイドの毒薬を作り出す技術。それを今、私は手にしている。めったに大衆の面前に姿を現さないロシア大統領の暗殺を狙う組織との取引すら可能だ。実際に技術を運用可能にする設備は今のところ医化学研究所が握っている。協定どおりに手を組めば、世界中のあらゆる権力者、何より我々犯罪組織にとって邪魔な人物をいとも簡単にこの世から消し去ることができるようになる。しかし今のところスレイブは暗殺実行部隊という立場しか与えられていない。だがこのデータを基に自前の設備を整えたらどうなるか。それは、深澤に代わって神のごとき力を手に入れるに等しい。

我々は望んでいる。現実の力に則した地位を。医化学研究所を支配下に置いて時には脅し、意のままに動かすことを。いずれにせよ深澤は邪魔だ。明日にでも殺して組織を操る段階に進まねば。すべての計画はエリナの頭の中でのみ描かれている。

ほぼ１８０度回転するヘアピンカーブに入る。強烈な荷重が体幹にのしかかり損傷した臓器に激痛が走った。だが、多くの無法者を束ねてきた女はここが勝負どころだと知っている。電動パーキングブレーキのボタンを押し、アクセルを緩めることなくハンドルを切って車体を滑らせた。さらに強く踏み込んで回転を維持させるとステアリングから手を離す。旋回状態から車自身が直進しようとする力が働いて定常円旋回に入った。車体が大きく弧を描き道路を滑る。横方向の荷重で胃のあたりがねじれ、痛みで体をまっすぐに保つのが難しい。半円を回り切る直前で再びハンドルに手を添える。一連の動きは現役のレーシングドライバーの運転技術に勝るとも劣らぬものであり、さらにこのスピードでコーナーに突っ込む度胸はそれ以上と言えるかもしれなかった。このような運転を想定していない高級セダンで披露された正確無比なハンドルさばきと、体の中心に痛みを抱えながらも狙ったラインを走りきる精神力が過酷なコースに打ち勝った。

コーナーを抜け一気に加速する。スピードに乗ったところで及川の声を聞いた。

――そんなに急いで、どこへ行くつもりだ？

車内にはエリナ以外には誰もいない。眼前に銀色の物体が見えた。マグネティックシルバーのアストンマーチンが迫っている。

――俺の愛車にキズをつけるんじゃないぞ。

幻聴は時速150キロで急ハンドルを切らせた。前輪を起点にして車体が跳ね上がり、左側のガードレールを滑るようにして乗り越える。車は最大速度のまま宙に舞い上がり、回転しながら杉林に突っ込んだ。上下逆さまに着地した鉄の塊は胴体着陸した飛行機のようにルーフを滑らせ、何本かの木をなぎ倒して止まった。

折れた木の枝葉が露わになった車体の底面を覆い隠すように降りそそぐ。衝撃で歪められたボディは中にいる人間の生存の確率が極めて低いことを示している。土埃はすぐに落ち着いた。ぱさりと音を立てて最後の細い枝が落ちる。辺りは再び静寂に包まれた。

それほど時間はかからなかった。ほんの数センチドアが開き、そこから突き出すように腕が伸びる。徐々に隙間は大きくなり、どうにか人が抜け出せるほどの空間が確保された。膨らんだエアバッグの奥から金髪の女が這い出てきた。美しい髪はこめかみのあたりが血で濡れている。手にはノートＰＣがしっかりと握られていた。もう片方の手を地面につき、ひしゃげた車体から長い脚を引き抜こうとしている。散乱したガラスの破片を気にする様子はない。苦労して鉄の拘束から逃れた女はふらつきながらも立ち上がる。全身をひどく打ちつけ悲鳴をあげていた。森の柔らかい土を踏みしめあたりを見まわす。及川は既にいない。手元にあるのはデータとナイフのみだ。まずは身を隠して態勢を立て直さなければならない。

エリナはふらふらと歩き始めた。そばには給水塔が建っていた。昨日黒鳥と見合った場所だ。

＊

何十本もの樹木をまとめて伐採するような音と同時に、凄まじい衝撃音が聞こえた。スピードを落とし前方に注意を払う。その音がエリナによって引き起こされたことは明白だ。坂を下るとすぐに、跡形もなく折れ曲ったガードレールが見えた。黒鳥はそこで車を停める。

その先は黒い樹皮で覆われた幹が立ち並ぶ杉林だが、そこだけ生身の木が剥き出しになっている。黄色い木肌はあちこちに棘を突き出し、必死の形相で何か叫んでいるように見えた。

「ここで待ってろ」

未亜は黙って頷く。ここから先は黒鳥とエリナの世界であり、勝負であることを理解している。例えそれがどのような結末を迎えるとしても。黒鳥が生きてこの車に戻ってくることがあった場合にのみ、その時こそ私たちは再びひとつになることができる。

ぽっかりと穴を空けられた茂みの奥へと進む。レクサスが仰向けになって放置されていた。エンジンルームからは煙が上がっている。間違いなく衝撃音はこの車によるものだった。運転席側のドアが開いている。エリナは脱出したのだろうか。銃をかまえながら近づく。エアバッグが開き車内には誰もいない。シートには大量の血が付着している。そう遠くへは行けないだろう。足下の折れた枝に絵の具を散らしたような赤い色が混ざっていた。木立のさらに向こうに、赤い人影が見え隠れする。ふらつき、木の幹に体を預けるようにして斜面を下っている。

湿った土を足裏で感じながら女のいる方向を目指す。森は深く、姿を見せない鳥たちが高く鋭い声で何か合図を送り合っている。細くしなる枝がざわめき光と影の振動を生じさせた。柱のようにまっすぐに立つ杉の回廊のような空間を抜ける。

深い崖が目の前で大きく口を開けていた。

そこだけ少し高くなった岩場の先端に女がいる。切り立った崖の縁でごつごつした岩に赤いヒールを突き立ててまっすぐに立っていた。アルファベットのAのような対称形を成している。下から吹き上げる風に金色の髪がなびく。エリナは不動のまま暗い顔で黒鳥を見下ろした。

――エリナ……。

崖の先には巨大な宙《そら》があり、その先にバイパス道路が見えた。既にたくさんの車が行き交っている。生の世界を象徴する鉄の塊の流れと二人のいる場所とを断ち切り横たわる崖。それは死の世界を象徴するものだ。足を踏み外せばはるか下の硬い岩に叩きつけられる。もうあの車の流れに乗ることはないと知っているのだろうか。エリナは何かを悟った表情をしていた。夜は明け、白んだ空が美しい女の背後に広がっている。視線を下にやると神戸の街が一望できる。色彩は豊富になるが、それらは互いの個性を打ち消し合い、ぼんやりと霞んだ灰色の層を成していた。広大な空間を背景に背の高い金髪の女が立ち尽くすことで生まれるコントラストは強烈だ。黒鳥は言葉を失う。しばし我を忘れその美しさに見入っていた。かつてこの女を抱きたいと夢見ていたことを思い出す。

エリナの心臓の下あたりから血が溢れ落ちている。だが、それはあくまである状況下における体の一器官がそれの持つ機能に従ってそのように反応しているだけのことであり、それらすべてを司る女自身は、微動だにしなかった。その立ち姿は変わらず、ふらつくこともない。黒鳥も身動きできなかった。大理石でできた彫刻のような美しさに畏れのような感情を抱いたのだ。崖を背に追い込まれたエリナを撃つのはとても簡単なことであるはずなのに。今まさに黒鳥はエリナの美に飲み込まれようとしていた。

最初に言葉を発したのは、黒鳥だった。

「エリナ、俺は、あの日の自分を悔いている」

女は返事をしない。黒鳥の言葉を繰り返し味わい、飲み込もうとしているように見える。

「あの日？　私が苦しんだのはあの日一日だけだと思ってるの？」

黒鳥がそのことに思い至らないはずはなかった。だが、こうやって今の今まで目を背けて生きてきた。

「あれは永く続いたの。私が梅宮を殺すまで」

虚ろな目をした女が、抑揚のない声で続ける。

「黒い毒殺者、黒鳥。どれだけ不可能に思える暗殺でも、必ずやり遂げる最強の殺し屋。あなたの雇い主たちはみんな幸運よ。自分の願いを叶えてもらったのだから。偽善に満ちた政治家も、競合相手を消し去りたい経営者も、それから、長年の虐待から自分を解放して欲しいと願った人たちも……。それなのに、なぜ……」

女の足もとがふらつく。傷口から、一際多くの血が流れ出た。

「……私を助けてくれなかったの？　あなたはこれまで十五年間、一度も、私のために人を殺すことはなかった」

黒鳥の目から涙がこぼれた。

「俺には、できなかった」

「なぜ?」

エリナも泣いている。

「お前を救うことができなかった自分を、否定することになってしまうから。あれ以来、俺はそうやって自分を騙してきた。だが、今なら分かる。俺はお前のためにこそ、人を殺すべきだったんだ」

かつて見た赤い薔薇の姿が目の前の女に重なる。

「あの満月の夜、あなたが見捨てさえしなかったら、私は……」

それ以上言葉を継ぐことはできなかった。エリナの意識が遠のく。岩には血溜まりができている。力尽きようとしていた。女は死期がすぐそこまで迫っていることを悟る。手に持っていたノートPCを黒鳥に向かって力なく放り投げた。

崩れ落ちる前に、ほんの僅かだが体を後ろに預けたように見えた。重心が岩盤から宙に移る。もう誰も、どのような力もこのバランスを元に戻すことはできない。最後に、黒鳥をまっすぐに見つめる。涙に濡れたその目は、痛々しいほどの繊細な優しさに溢れていた。エリナはそのまま背中から崖の下に落ちていった。その時初めて黒鳥が駆け寄る。女は断崖の岩に叩きつけられながら川底へと落ちてゆくはずだが、既に視線の届かない深みに達していた。黒鳥は崖の淵で膝から崩れ落ちた。かつて愛した女が、自らの手から永遠に滑り落ちたことを知った。しばらくの間、谷の底を見つめている。

――俺は、最後までエリナを救ってやることができなかった。

ようやく視線を戻して立ち上がる。ふり返ると岩の上にノートPCが落ちていた。USBが刺さったままだ。拾い上げてはみたものの自分には関係のないものだ。中身を見ようとも思わない。だからといってここに置き去るわけにはいかない。犯罪組織の手に渡るならまだしも、もしこのデータが一般の人間に漏れることがあれば、さらに悪い結果を引き起こすことになるだろう。

「すべて消えてなくなってしまえば良い」

田中の声が聞こえるようだ。殺される間際にあの男がさも意味ありげに放った台詞だ。俺の知ったことではないが、とにかくあの研究者はメッセージを発した。

＊

車に戻ると、未亜は指示した通りシートに坐っていた。何も言わず、ただ「すべて分かっている」という調子で頷いただけだった。まるで、夫に買い物を頼んだ妻が車内で音楽でも聴きながらその帰りを待っていたかのように。エンジンをかけ坂を下りる。

車内には6気筒エンジンのくぐもった音だけが響いていた。黒鳥にはその沈黙がありがたかった。エリナと会い、そして失ったことで、まだ心が揺さぶられている。最後に見たあの顔が目に焼き付いて離れない。その涙が胸を打つ。卑劣な犯罪を繰り返し、多くの人を殺めた者の最期が人間の業の深さ否、愛について黒鳥に問いかけ考えさせていたのだ。未亜の顔を横目に見る。その表情を見て思った。未亜は強い。芯のある強い女だ。今しがた起こったことについて、黒鳥が気持ちを落ち着けるのにしばらく時間を要することもよく分かっている。

二人とも言葉を発することはない。もちろん、これからどこへ向かうのかも聞かない。二人はどこかへ向かうのではなく、帰るのだから。そして帰るところは一つしかなかった。

家に帰ったら、中国茶を淹れてリノベーションのことを伝えよう。しばらく奇妙な関係にはまり込んでいたが、ようやく互いに望んでいた関係が始まる。

＊

出血がひどい。右足の感覚がなくなってきた。あの大男は死んだのだろうか。まったく動く気配がない。さっきまであんなに苦しんでいたというのに。そうは言っても、いま動きだされたところで小林にはもう抵抗する気力も体力も残されてはいない。それにしても恐ろしい毒薬だった。注射器を突き刺すとすぐに男の体に異変が生じた。毒は最初に中枢神経を攻撃し手足の力を奪った。すぐにじくじくした糊のような液体が全身の毛穴から吹き出てきた。それは筋肉や体内の膜から絞り出されているように思われた。ぬめりを帯びた皮膚は爛《ただ》れ、浮き上がった丘疹状《きゅうしんじょう》の屍斑《しはん》がぬらぬらと輝く。毒に侵された肉体は奢侈《しゃし》の限りを尽くした蝋人形のような絢爛たるきらめきを纏《まと》っていた。だがそれは及川を殺害した際に見せられた黒鳥の作品の安易な模倣への強烈な意趣返しであることは明白だった。吐田は安っぽいビニル製の造花のような姿に変えられてしまった。そこまで見届けてから、小林はその場を離れた。足を引きずりながら歩き、朝焼けの陽が射しこむエントランスに出た。そこで安心したのか床に坐り込んでしまった。男がどうなったのかは知らない。

車が二台続けざまに敷地から出ていくのが見えた。おそらくこの建物には、もう誰も残っていない。しんと静まり返っている。それなら仕方ない帰るか。こんな所に長居は無用だ。しかしこの怪我では車の運転すら危うい。どうやって家まで帰ろうか。そうだ木本に迎えに来てもらおう。出勤までにまだ時間はあるだろう。やはり持つべきものは友だな。上着のポケットからスマートフォンを取り出し木本の通話履歴を確認する。

背後に人の気配を感じた時には、既に遅かった。鈍器で殴られたような痛みが後頭部を襲う。小林は床に倒れ込んだ。脳震盪を起こしているのだろう。ぐらぐらと視界が大きく揺れる。肘をついてどうにか振り返ると男が立っていた。

——もう一人いやがったか。

無我夢中で銃弾を命中させた男だった。左肩から血が流れている。だが小林には腕一本動かす力も残されていない。視界がぼやける。目の前に立ちはだかる男が二重に霞んで見えた。男はまだ自由のきく腕でグリップを持ち直し、小林の心臓に銃口を向ける。

「今度こそ死んでもらうぞ」

それが小林が最後に聞いた言葉だった。パソコンの画面をオフにするように、世界は暗転する。刑事は意識を失った。

＊

床に男が倒れている。生き残ったスレイブの構成員は強い打撃を受けたらしく首を押さえたまま動くことができないでいた。

「だから言っただろ、面倒なことに巻き込まれてるんだって」小林と同じ年頃の男が言う。

「そうね」もう一人の若い女が返事をする。

二人ともよく似た地味な服装をしている。

「でも僕たちが来たから、もう大丈夫」

「こいつが隙だらけで助かったわ」

夫婦の足下に転がっている男を見下ろしながら言う。

「とどめを刺しちゃおうか」

「どうやって?」

「こいつら、毒を使うんだろ、ほら」

男のボディスーツから注射器の入ったケースを取り出す。中身を取り出すと、赤や黄色の液体が光を透過してきらきらと輝いている。

「きれいな色」

「でも、これじゃあ黒鳥の真似事になってしまう」

「確かにそうね。でも困ったわ、他に気の利いたものもないし。そういえば、蘭さんの現場は面白い仕掛けだったわね。難易度はそんなに高くないけど、何も道具を使わずにパニックルームを利用して人を殺すなんて」

「しっ、殺すなんて無粋な言葉は使っちゃだめだよ」

「あら失礼」

「僕たちは、できるだけ目立たないようにしないと駄目なんだから」

「じゃあ結局、いつもどおりやれってことよね、例によって、例のごとく」

女の手にはかげろうの羽根に似た薄黄色に透ける絹の紐が握られている。

「そういうこと。あくまで自然にね。逆に言えば、どれだけ不自然な死に方でも、地味でさえあればそれで良いんだよ。僕たちの、その……殺し方はさ」

「何よ、あなただって言ってるじゃない、殺し方って」

妻が声を荒げ、いつもの言い合いが始まりそうになる。

「でも所詮は、人間の処理の仕方なんて限られてるんだよね。叩くか撃つ、それに、刺すか異物を注入する、せいぜいそんなところだよ」

こんな所で夫婦喧嘩をしている場合ではない。夫は妻をうまく宥《なだ》めようとする。

「とにかく、掃除を終わらせてしまいましょう」

そう言いながら妻はその場にしゃがみ込んだ。夫は横たわる男の首を両手で持ち、少しだけ床から浮かせる。女が首に紐をまわす。そのまま二重まわしにすると、男は頭を床に戻す。妻は片方の紐の端を夫に手渡し、残った端を自分で持った。スレイブの手下は大声を上げたり暴れたりしようと思えばできたはずだ。だがそうはしない。ただ目を見開きじっと天井を見上げている。

しばらくすると聞き慣れない音が聞こえてきた。細い絹の紐は絞め上げる度にキュッキュッと衣擦れの音を立てる。少しずつではあるが、自らの首が絞まりつつあることに気づいていないのだろうか。男はただ狭められた気道から漏れる嗚咽のような声を発するのみだ。死にゆく者の鳴き声は哀れを誘うが、夫婦の手はあくまで一定の力を保ち僅かでも緩めることはない。

「こっちの方が残酷だね」

「そうかな?」

「だって静かすぎて、テレビでライオンに食べられる鹿の場面でも見せられてるような気分になるよ」

「じゃあ、あのパニックルームで死んだ政治家とこの人だったら、どっちの死に方が残酷かしら?」

「うーん、難しいな。あの人は、すぐに死んじゃったけど、瞬間とはいえ、電気ショックの痛みは相当なものらしいからね」

夫は少し考えてはみたもののすぐに興味を失った。残酷というのは第三者から見てどうかという話であり、殺される者がどう感じるかなど問題ではないからだ。

「フェンタニルの普及に反対するようなことばかり言うからだよね」

「まあ、僕たちからしたら、あの薬でどれだけの人が廃人になろうと関係ないんだけど」

「とにかく、深澤さんには逆らわないこと」

「そうそう、この神戸の街では絶対にね」

「代々、山下家の家訓にしましょう」

「子供がいないのに、そんなこと決めたってしようがないだろ」

「うるさいわね、だいたいそれは、あなたのせいじゃないかしら」

この話題を続けたくないのか、女は話題を変える。

「でも深澤さんには感謝しなきゃ。あの仕事がきっかけで私たち、蘭さんのことを知ったんだものね」

「地面に落ちている色々なものをついばんでいると、たまには良いことがあるってことだね。きれいに掃除してきた甲斐があったよ」

真綿で首を絞めるようにして、ゆっくりと時間をかけて男の呼吸を奪う。

「それにしても、私たちが、っていうか、私たち全員がここに集まっているのも、なんだかきな臭いわよね。そう仕向けられてるんじゃないかって気がする」

「さあ、どうだろう。でも僕たちが物事の全体像を知る必要はないし、実際に知らない方が良いことだってあるんだよ」

「それじゃあ不公平よ」

「そうさ。いずれにせよ、深澤さんの大事なものを掠め取ったからには、誰かが責任を取らされる。それが僕たちでないことを祈るしかないね。末端の人間がいくら損害を被ったところで誰も動かないけれど、権力者の場合そうもいかない。ほんの少しでもそういうことが起これば、全力で潰しにかかる。必然的に、その為に誰かが動くことになる」

「いま私たちがそうしているように」

「そう、僕たちがこうやって、男を絞め殺しているように」

クッ、クッと男の喉の奥から漏れる音はまだ止まない。

「面倒くさいわね」

「そう、彼らは面倒くさい、徹底的に面倒くさいんだ。そういう人間と僕らは関わっている」

「それにしても、深澤さんはどうして蘭さんのことを知っていたのかしら」

「さあ、どうしてだろう。あ、そろそろじゃないかな?」

夫はグリルで焼いている肉の焼き具合でも確かめるように男の顔を覗き込んだ。青黒く変色した顔は何も表情を持たない。とても静かな死だった。

「余計な話をしている間に、死んじゃったよ」

「何よ、余計って」

ウズラは普段、山下夫婦として暮らしている。絞殺を得意とし、黒鳥と同じく形態特化型の殺し屋だ。つまり、絞殺以外の殺しのパターンを持たない。そこに彼らなりの合理的な理由があるわけではなく、単に好き嫌いの問題でそういうかたちに落ち着いているだけなのだが。暗殺者夫婦がウズラと呼ばれる理由はいくつかあったが、それはこの鳥が地面に落ちた餌を残さずきれいに食べてしまうように、様々な事件の裏で必ず必要となる「掃除」が得意であるからというのが主なものであった。そういった掃除は大抵二次的なものであり、誰かが散らかしてどうしようもない状況が生まれた場合にその人物を処理することになる。そこでウズラの出番というわけだ。だが殺し屋仲間の間では、この呼称には別の由来があるというのはよく知られた話だ。この鳥は一見オシドリにも負けないほど夫婦で仲が良いように見えるが、実際にはそうでもなく、むしろ喧嘩ばかりしている。これがこの夫婦にそのまま当てはまるのでそのように呼ばれるようになった。

呼称の件はさておき、二人の暗殺の腕は確かだ。特に、ターゲットと仲を深めてから相手を油断させ、その隙をついて殺してしまう技術においては右に出る者はない。普段は会社員をしていることから世間一般の感覚を持ち、良好な人間関係を切り口に対象者の身辺に紛れ込みやすいという利点もある。深澤には情報収集の役割も兼ねて重宝されていた。

「そういえば、この人はどうしようか？」

スレイブの手下が間違いなく死んだのを確認してから、山下夫は床に倒れているもう一人の男を見て言う。

「多分警察の関係者よ、この人。鈍臭すぎるもの」

「暇を持て余して刺激に飢えた刑事ってとこかな」

「きっとそうよ、大体こんなところに一人で乗り込んできて馬鹿じゃないの、何ができるわけでもないくせに。ほら見てよ、いかにもお調子者っぽい顔してる」

「仕事が増えちゃったかも」

「でも、これってお金もらえるのかな？　こんな奴がいるなんて聞いてなかったよね」

「僕たちはね。でも深澤さんは知っていたかもしれない」

「その可能性はあるわね。私たちには、決して全体像は知らされないのだから」

「それで、どうする？　知らされてないってことは、関わらなくていいと思うんだよね。それに深澤さんって、お金のことになるとけっこう厳しいし」

「面倒くさいわね」

「うん、面倒くさい」

「どうせ気を失ってるんだし、このままにしておこうか」

「そうしましょう。警察だったら、またどこかでお近づきになることもあるでしょうし。その時には、またいろいろと便利に使わせてもらえばいいわ」

山下妻は今しがた男を殺したばかりの紐で小林の太腿をきつく縛り、止血処理をした。

「じゃあ帰ろうか」

「ええ、今日は仕事が休みだから、家でゆっくりしましょう」
「『我が家に勝るところはなし』だね」
「家訓はそれがいいわ」
「結局、なんでも良かったんだな」
「うるさい」

9　四月に雪が降ることもある

小さな木造の家が木立の中から姿を現したその時、そのレンガタイルの壁を見て未亜はどう感じただろうか。そのことが気になり、ガレージに車を停める際にも黒鳥はどこか居心地の悪い気分だった。自分の家だというのに、このような感覚に陥るなど夢にも思わなかったが。

未亜自身、半年前までは自由に通っていた場所なのだからこれまでどおりに振る舞っていれば良いはずだが、この期間を挟んだその前と後ではやはり違った感覚が介在することになるだろう。こんな時こそ自然な寄り添い方ができれば良いのだが、黒鳥にそのような器用さはない。

車を降りても黙ってアプローチを歩いている。黒鳥のコートを羽織っただけの未亜はその後を少し距離を空けてついていく。レンガ造りの塀に沿って、コンクリートの平板を並べただけの露地のような空間を一足ごとに踏みしめる。建物を囲うようにして立つ木々の枝には小鳥たちが翼をひるがえし囀《さえず》り合っていた。冷たい風が色づき始めた梢《こずえ》を渡る。

高い塀に穿《うが》たれた開口部をくぐると中庭がある。その情景は以前と変わることはない。それぞれの居室を内包する三つの棟が庭を取り囲み、アプローチにつながる一面のみが湖に向かって解放されている。まだ何ひとつ空間に変更は加えられていない。まん中の既に白い花を散らせたコブシは、これまでと同じようにそこに根を張っている。すぐ横の古びた木の椅子は二脚ともう何十年もそこに置かれたままであるかのように鎮座していた。安全で囲われた場所だった。周囲の緑も壁越しにふたりを見守っている。

足を踏み入れたその時から、未亜の感情は解きほぐされていた。年代物のアイラモルトがほんの僅かな水を足すだけで柔らかくふくよかな香りを放つように。良質な酒には少量の水がグラスの横に用意されていればそれ以上なにも必要ないように、未亜にとってもこの中庭があればそれで十分だったのだ。レンガ敷きの床の感触や、見慣れた木の窓枠、そういったひとつひとつのものが心の底から愛おしく感じられる。そして、それは黒鳥も同じだった。この家を離れ未亜の愛を失っていた時期は、冷たい氷でできた家を寝床にしているような気持ちでいた。立ったまましばらくそこに佇んでいた。互いに目を合わせるでもなく、ただそこに立ちその場所を感じている。そうしていれば半年間の二人の空白が埋まるとでもいうように。レンガの下から土が香り、湖面のさざ波が語りかける。

中庭の中心で、ふたつの心がひとつに重なる。平面図の上で住人を表すふたつの点が重なり合うように。ようやく二人は家に帰ってきた。

冷たい風が、頬を撫でる。

「部屋に着替えがあるはずだ」

未亜の恰好はこの季節外れの寒さの中、あまりに頼りない。

「外の空気が気持ちいいわ。もう少しここにいましょう」

本当はとても寒かったのだが、こうしているのが良い気がした。ずっと狭い所に閉じ込められていたからではない。そのようなことにいちいち触れる女でもない。黒鳥に抱きしめて欲しい。この冷たい風の吹く中庭で、かつてそうしていたように。

「ねえ……」


奇妙な影をまき散らし一羽の青い鳥が、塀の上から飛び立った。

手にしていたノートＰＣが地面に落ち、黒鳥が倒れる。すぐさま未亜が駆け寄って抱きかかえた。銃弾は胸を貫いている。湖の方から銃声は聞こえた。この家で唯一、外部へ接続する開口部の方から。そこには青い人影があった。青色は自然界では警告をあらわす。艶のある紺色のコートを着た女が銃をかまえていた。

「オオルリ……！」

「未亜さん、せっかくのいいところを邪魔してごめんなさいね。今日はお茶を買いに来たわけじゃないの」女はとても美しい声で、静かに語りかける。

医化学研究所とは互いに違法な成分を融通しあう仲だった。オオルリこと木原結衣は深澤の秘書として影のようにかしずき、様々な場面で暗躍する女として裏社会では知られている。青い色の服装を好み、話し方もこの青色の羽根を持つ鳥を思い起こさせることから、そう呼ばれていた。落ち着いた深みのある声を、相手を懐柔して絡めとるためだけでなく、自らの思い通りに操ることにも役立てている。

「刑事のスマートフォンに仕込んだGPSアプリから、スレイブがどこに身を潜めたかを探っていたんだけど、そうしたらやはり黒鳥が絡んでいた」

既に黒鳥の息は荒く不規則なものとなっている。未亜は傷口に手を当ててどうにかして溢れ出る血を押さえようとするが、赤い液体はとめどなく溢れてくる。

「もう分かっていると思うけど、あなたの大切な人はね、自ら望んだわけではないにせよ、求められた範囲を超えて、私たちのビジネスに深く関わってしまったの」

「知ったことじゃないわ」

「確かにそうね。でも実際には、そういう訳にはいかないの。今回の件にはね、とても大きな力が働いていて、話し始めると、堅苦しい政治の話が絡んでくるのよ。だからそこはすっ飛ばして単刀直入に、そこで死にかけているあなたの恋人が持っているデータを渡して頂戴と、とりあえずはお願いすることになるわけ。同時にこういう場面では、あなたたちっていうのは、自分たちの命は助かるのかってことを聞きたがる。それは当然よね。だって、今まさに一人は死にかけているのだから」

嘯るように、オオルリは笑った。

「もちろん私としては、そんなことお構いなしに奪ってしまえば済む話ではあるんだけれど」

「好きにすればいいわ、こんなデータ」

「あなたとは、良いお友達になれそうな気がするの」

まるですぐそばでそっと秘密を打ち明けるようにオオルリは話す。鳥が歌うような美しい声が未亜にだけ届くように。銃を向ける女はうっすらと笑みを浮かべて少しずつ近づいている。

「もし、大人しくPCを渡してくれて、その上でこれまで同様、良好な協力関係が築けるのなら、この件についての犠牲者は黒鳥ひとりにとどめておくこともできる」

その声は隠微な響きを帯びて未亜の耳朶に這い入った。それは表面には現れない、微妙な心の琴線に触れようとする。普段は隠されて窺い知れない弱い部分を、時間をかけて様々な方法であぶり出そうとする。黒鳥の体に手をあて銃を探す。細い指先が、硬い鉄の塊に触れた。

「そんなことをしても無駄よ。銃を取りだしてかまえる前に、私が撃つ」

いつの間にかオオルリはすぐそばまで近寄っていた。

「残念だけど、友達にはなれないわ。私、あなたみたいな女が一番嫌いなの」

未亜が向きなおり、まっすぐに顔を見て言う。

「そう、それなら仕方ないわね。結局のところ、あなたたちの代わりは、いくらでもいる」

引き金にかけた指に力を込める。

「そこまでだ」

鳥が首をかしげるようにして女は少しだけ振り返り、その声の主を確認した。小林が銃を向けて立っている。

「あら刑事さん、大きな事件を追ってたんじゃないの?」

「銃を捨てろ」

「それが、そういうわけにはいかないのよ。そんなことより、もっと楽しいことができるでしょう、私たち」

振り向きざまに、オオルリはトリガーを引いた。

ばさりと音を立てて女は倒れた。赤茶色のレンガの床に艶やかな青い鳥の羽根のようなコートを広げて横たわる。銃を手に刑事が近づいてくる。

「お前が振り返り、銃をかまえる前に、俺が撃つんだよ」

ウズラの手当のお蔭で意識が戻り、運動場には既にタイヤの跡しか残されていないことに気づいた小林は今度こそ木本に連絡した。そこからの黒鳥の足取りを知るにはNシステムで追うだけで十分だった。

中庭の中心で男が血の気を失って苦しそうに息を継いでいる。刑事は二人の恋人の様子を黙って見ている。男の方はもう助からないだろう。

＊

視界が霞む。庭を取り囲む建物で四角く切り取られた空が遠のいてゆく。今はもう、世界はここからとても遠いところにあるらしい。近くに未亜がいる。俺は今、未亜の腕の中にいる。ぼやけてよく見えないが、おそらく泣いている。コブシの葉のそよぎが聞こえる。悪くない、このまま死ねるのなら。この四月という美しい季節に、自分の家で愛する女に見守られながら死ぬ。家？　ああ、そうだ。俺にはまだ伝えなければならないことがある。腕を動かそうと黒鳥は力を入れようとするが、思うようにいかない。手先は痺れて感覚が麻痺している。

「……紙を」

かみ？　何のことを言っているの？　未亜は意味を知ろうと愛する男の口元に耳を近づける。だがかすれた声が聞こえるだけで、何を言っているのか分からない。紙がどこかにあるのだ。どこに？　未亜は黒鳥が着せてくれたコートをまさぐる。胸ポケットに手を入れると小さな紙片があった。取り出してみると白い紙が折りたたまれている。何が書かれているというのか。恐る恐る開いていく。Ａ４サイズに開かれた紙には、図面がレイアウトされていた。この家の平面図だ。だが一見して現状とは間取りが大きく異なることに気づく。

図面を探し出せたことは、黒鳥にも察せられた。少し気力も戻ってきた。

「その通りに改修することになっている。この家に……住んでくれないか」

「あなたと一緒ならいいわよ」こみ上げる涙をおさえられない。もう助からないことは未亜にも分かっている。

「ひとりで勝手に間取りを考えるなんて、ひどいわ」

「お前の部屋も用意してある。好きに使ってくれ。俺の仕事部屋や道具は必要なくなるから、処分すれば良い」

蘭には仕事部屋をなくすよう伝えている。足を洗う覚悟は決めていた。

「あなたさえいれば、家なんてどこでもいいの」

涙が図面を濡らし、印刷された線がぼやける。

「泣いてないで、ちゃんと見ろよ」

未亜は涙をこらえながら必死に図面を見る。

「中庭の屋根は、開閉式だ」

容易に開け放つことができる大きなガラス屋根が図面に表現されていた。この庭での過ごし方を巡って、意見が合わなかった部分が見事に解消されている。

「また一緒に、この庭で寒い冬を過ごせるのね」

未亜は一層強く黒鳥を抱きしめる。かつてこの庭でそうしていたように。

黒鳥の頬に、冷たいものが触れる。

「あ……」

小さな白い結晶は僅かに残された体温ですぐに溶け、なくなってしまった。雪だ。細かい粒状の雪が中庭に降りそそいでいる。未亜は空を見上げる。

「四月に雪が降ることもある」

思わずプリンスの曲名を口にした。

「ありえないことなんだけどな」

ふたりの空間に、物悲しい旋律が流れる。

今なら分かる。未亜への愛こそが、俺の真実なのだと。世界には未亜だけがいる。最後の力を振り絞り、言葉にしなければならない。

目の前の女を優しく見つめる。

「お前に勝るものはない」

未亜は黒鳥を抱き寄せ、そっと唇を重ねる。それは、あの世へと旅立つ息子を見送る母親のようなキスだった。

芸術作品とも称される毒殺死体を数多く生み出して恐れられた男は、このようにして最期を迎えた。

10　庭と雨

　小さくて丸い形をした茶壺を持って盤の上に並べられた人数分の茶杯に茶をそそぐ。勢いよくそそがれた茶は、丸い底面からこぼれ落ちながらも器を満たしていく。かえで材のテーブルの上を滑らせるようにして、茶を皆の前に置く。黒鳥に振る舞われた中国茶を一度飲んだことがあるので、来客一同はその時よりも落ち着いて未亜の手さばきを見ている。

　つい今しがたリノベーション工事の完了検査に立ち会い、無事に家の引き渡しを受けたところだった。すべての仕上がりに満足した未亜は蘭を茶に誘った。もちろん、施工を担当した悠太や佳奈も一緒だ。示し合わせたように全員が、ほとんど同じタイミングで杯を口に運んだ。

　最初に軽い乳香が立ちのぼり、次いで蘭花清香が口内に広がる。聞き慣れないこの言葉は蘭の花のような甘い風味を指す。汀渓蘭香《ティケイランコウ》は高爽で馥郁たる滋味で知られる中国安徽省の緑茶だ。建築家の名と同じ字を冠するので、この春摘み茶が特に美味しく飲める四月に間に合うよう、特別に取り寄せたものであった。

「こんなに美味しいお茶を飲んだのは、あの時以来、一年ぶりです」

鼻の奥にこみあげる、芳醇なる後香に陶然としながら蘭は言う。

「この一年は、蘭さんに家のことでお世話になりながら、考えたり、決めないといけないことがとても多くて、あっという間でした」

その甲斐あってリノベーションは完璧な出来栄えだった。内装は未亜の好みに合わせて、シンプルながらも暖かみのある素材が使われている。建築家はあまり細かい変更を加えると、却って危険な結果を招くことを知っていた。元のレンガ壁には手をつけずに残し、新たに塗り込まれた白い漆喰壁とは大胆に使い分けられた。だがそこには何か違和感のようなものも感じる。これまでの贅を尽くした蘭の作風とはあきらかな相違があった。それは素材の使い方だけでなく動線の計画にまで現れている。

「私としては、新しい作風にチャレンジできたので、とてもありがたい経験だったと思っています」

動線の流れは平屋造りであることをいかし、空間ができるだけ水平方向にゆるやかに連なるよう腐心されていた。部屋と部屋とをつなぐ廊下は最短距離をまっすぐに移動するのではなく、中庭を中心に蛇行し、その幅はそれぞれ微妙に違うよう調整されていた。扉の開《あ》け閉《た》て毎に劇的な演出が施されているわけではなく、和紙張りの引き戸の開閉の度合いに応じて徐々に視界が開ける。この平面計画が伝統的な日本の数寄屋建築の作法に適《かな》ったものであることは明白であった。洋風の外観はそのままに、回遊性のある回廊やそこに至る露地のような空間を組み込み、古今東西を見事なまでに融合させている。それは曖昧で柔らかく居心地の良い空間だった。そして、家の中のどの部屋どの廊下の位置からでも、この家の中心である中庭が見えた。ある場所からは正面に、また別の場所からは他の空間越しに透かし見るようにして。視線の先にはコブシが白い花を咲かせていた。隅の方に生えている他の木々も、以前より随分と元気になったようだ。

「あの人に淹れてもらったお茶の作り方を、ちゃんと教えてもらえばよかったな」

極上の茶が記憶を刺激したのだろうか。佳奈が思い出したように言う。

「お前は大雑把な性格だから、聞いても無駄だって」相変わらず悠太は口が悪い。

「それなら大丈夫よ。お茶の淹れ方なら、私も教えてあげられるから。それに、工事前にあの人の荷物を整理していたら、地下室からお茶のレシピが出てきたの。もちろん、物騒な記号が書かれた秘密のノートもたくさんあったんだけど」

仮住まいの間ずっと一人で過ごしていたので、こうやって賑やかに人と過ごしていると未亜も楽しい気分になった。

新しく取り替えたばかりのインターホンが鳴った。電子音は啓示のように新たな来訪者の存在を告げている。来た来たとばかりに蘭が腰を上げた。

「未亜さんは、ここで待っていて下さい」

「いえ、私が出ます」

「いいんです。実は彼から頼まれていたことがあって」

「頼まれていたこと？」

未亜は呆気に取られたまま蘭を見送る。そもそも、彼とは一体誰のことだろう。

しばらくして蘭は戻ってきた。手には、なにやら大きなかごを抱えている。

「あなたへのプレゼントだと」そう言って幅広の栗材が敷き詰められた床の上に置いた。全員で移動してから、かごを囲むように坐り込む。かごはペット用のキャリアーだった。片方の端にネットが貼られている。網目越しに小さな丸い目がふたつ見えた。蘭はチャックを開け蓋を持ち上げる。覗き込むと少し怯えた様子の子犬がいた。そのまま両手で外に出してから抱き上げる。未亜が欲しがっていたビーグル犬だった。

「メッセージとかは特になかったけど、十分ですよね」

未亜は驚いて声も出せないでいる。それにはかまわず蘭は子犬を手渡す。そっと、優しく抱きかかえるようにして小さな体を受け取る。それはあまりに小さくて弱い存在だった。常に目の届くところに置いて世話を焼く必要がある。子犬は新たな飼い主の指の間や手の平に顔を潜らせ、くんくんと匂いを嗅いだ。よく見ると、明るいブラウンの首輪には名札が付いていた。『ＮＡＴＥ』と印字されている。ネイトは元気よく尻尾を振りながらつぶらな瞳で未亜を見上げている。きっと男の子だ。何から何まですべて黒鳥に伝えていたとおりのビーグル犬だ。

「ありがとう、黒鳥」涙がこぼれた。

「いい家に貰われてよかったな、お前」悠太が、横から頭を撫でる。

子犬との対面が落ち着き、無事すべての役割を果たした一行は帰り支度を始める。その合間を縫って、蘭が切りだした。

「差し出がましいかもしれませんが……」

「何でしょう？　遠慮せずに言って下さい」

「私はこの仕事にそれなりに長く就いています。職務は、悠太たちと一緒に施主様の家を改修して、建物に新たな生命を吹き込んで再生させることです。そうやっていくつもの案件に携わっていると、稀にですが、それらの仕事を通じて、施主様の人生をも再生させたと、嬉しいお言葉を頂くことがあります」

「おそらく、そうだと思います。それは、今まさに私が感じていることですから。私を施主と呼ぶべきかどうかは分からないけれど」

「この度の仕事では、工事が完了するまでに元の施主様はお亡くなりになりました。ですので、私は彼を再生することは叶いませんでした。もちろん、彼がそのようなことを望んでいたかどうかは分かりません。ただ、私は仕事をしていると、時折不思議な体験をします」

「どういうことでしょうか？」

「手紙をもらうのです。紙の手紙ではなく、電子メールでもない。目には見えないものです。何も書かれていないとも言えるかもしれません。それは夜気に紛れて音もなく空気中を漂ってくる。しかし、私は確実にその存在に気づき、手紙は届けられることになります」

「その手紙を、この仕事でも受け取ることになったと」

「はい。手紙で私は、彼とあなたの物語に触れました。それは、これまで読んだどんな手紙よりも痛ましいものでした。たとえそれが、どれだけ美しい文章で綴られていようとも。そしてうまく言えないのですが、その文章を読んだことによって私自身が生まれ変わったのだと」

「そんな風に言われると、どんな内容か気になるわ」

「これまでにも薄々感じていたことではありますが、施主様を再生させていたつもりが、再生されていたのは、実は私自身だったのです。そのことに気づかされました。お気に障るかもしれませんが、お伝えしておきたくて」

「いえ、とても嬉しい言葉です。彼には善人とはいえない側面もありましたが、どこか他人に影響を与えずにおかないところのある人だったので」

「この家は、蘭さんの最高傑作ですよ。楽しんで生活して下さい」

支度を終えた佳奈が、屈託のない笑顔で言った。

＊

「やっぱり美人と関わると、ろくなことがないな」

一介の刑事に過ぎない俺の前にいきなりあんな綺麗な女が現れて一晩を共にするなんて、どうも話がうますぎると思ったんだ。小林は児童養護施設が解体される様子を敷地の外から見守っていた。カマキリの鎌のようなアームを、鉄筋コンクリートの躯体にゆっくりと振り下ろす度に土埃が舞う。細かい砂が刑事のいるところにまで飛散し、たまらず顔をしかめた。解体前の建物からは銃や武器それから毒薬が大量に見つかったが、それらは適切な扱いのもとに処理された。施設の解体撤去に関して教会の対応は早かった。老朽化して使われなくなった建物を犯罪組織が占拠しただけでなく、複数の他殺体が見つかったことから近隣住民の不安は大きかった。また、殺害方法が毒殺や銃殺、絞殺など尋常ではないことから、事件そのものについて報道規制が敷かれたが、耳ざとい者たちにより噂はすぐに広がる。元々の用途そのものが世間からあまり有り難がられない施設ということもあり、その場所そのものを消し去ってしまうということは、運営者にとっても都合がよかったのだ。

だが事件そのものは発生からもう一年が経とうというのに、未だ全容の解明には至っていない。結衣がオオルリと呼ばれる刺客だったことは、図らずも——相手は謀《はか》っていたのだが——自ら殺害の当事者となったことで知ることになった。俺を泳がせてスレイブの隙を突こうとしたのだろうが、結局あの女がどのような背景を持つ人物であるかは分かっていない。医化学研究所で深澤の秘書をしていたということくらいしか知り得なかった。分からないといえば、気を失っている間に撃たれた太腿に紐を巻きつけて手当をしてくれた人物が一体誰なのかも謎のままだ。あの時、俺を殺そうと銃を突き付けていた奴の皮膚がしっかりと紐に付着していたことから、絞殺犯と俺を助けた人物が同一人物であるということは判明しているのだが。犯人が分からないのはもちろんのこと、なぜそのような事件が起こったのかなど肝心の全体像が見えてこない。事件の解決には、ほど遠い状況だった。

黒鳥と呼ばれる殺し屋を結衣が殺害した状況であったとはいえ、小林の銃撃により女が死んだため、発砲の妥当性について審議されている。どのような結果であれ受け入れるしかない。それより、自分のスマートフォンに保存した写真を行きずりの女に見られたことから事態が急展開したことの方が知られたくなかった。幸いにも署ではそこまで調査は及んでおらず、当然何もお咎めはない。それが良いことなのか悪いことなのかというと、もちろん後者ではあるが、事件が起きてから一年の間に小林の捉え方にはいくらかの変化が見られた。この世界で生きていくには、多少の清濁は併せ呑む必要がある。医化学研究所とスレイブのつながりについてもそうだ。すぐに捜査の及ぶところとはなったが、結衣の死で未解明のまま幕引きとなった。研究所は今も事件前と変わらず運営されている。当然ＤＮＡにコーティングを施す技術についても研究開発を続けている。様々な観点から議論されてはいる。それだけ利権が絡んでいるということだ。これほどの有用な技術が何か一つ問題が起きたからといって、すべて中止というわけにはいかないのだろう。今頃は、ロールスロイスの後部座席に深々と腰を下ろした深澤が悠々と寛ぎながら、今後のビジネスにどうつなげていくか考えを巡らせているはずだ。

どうやらこの話は俺の頭で考えるには大きすぎるし、何より複雑すぎるようだ。まったく理解が追いつかない。未熟というか、そもそもどのように頭を働かせれば良いのかが分からない。この施設の場所を聞いた時も、猪突猛進してしまった。要は、刑事のくせに推理ができないのだ。落ち着いて物事を順を追って考えることができればいいのだが……

――そういえば、あの女流建築家は推理が得意だったな。

＊

「例の事件のあった建物の解体現場を見届けてきました」

「私たちは昨日、未亜さんの家の改修工事を終えて、無事引き渡してきたところです」

「あの人も大変な目に遭ったけど、蘭さんの設計した家に住めるなんて幸運ですね」

「小林さんがまた悪い女に引っかからなかったら、機会があるかもしれませんよ」

「はは、これは手厳しい。とにかく、お互い一段落ですね」

「そういうことになりますね」

「ところで、田中という被害者も蘭さんの施主だったのですね」

「ええ、私も後から聞いてびっくりしました。工事が完成した時には、とても喜んで下さっていたのに」

「そして、黒鳥もあなたの施主だった」

「はい、彼が現れたタイミングや経緯からして、田中さんから私のことを聞いたのかもしれないというのは、十分にあり得る話だと思います」

「そういえば、僕が最初に伺った時、不審な車について尋ねたことを覚えていますか？」

「ええ、もちろん」

「あの時、蘭さんは黒塗りのセダンを追うのではなく、セダンが追っているGT-Rを追えって言いたかったんですよね？」

「そうです」

「でも、その時点では黒鳥を怪しいと決めつける材料もないから、まずは刑事である僕を動かそうとした」

「その通り」

蘭はやわらかい笑みを見せながら話を聞いている。

「今頃気づいたのも恥ずかしい限りですが、名推理のお礼に、今度食事をおごらせてもらえませんか？　六甲アイランドに有名なソムリエがいるレストランがあるそうで」

「いいんですか？　あのお店、かなりお高いようですけど」

「公務員の安月給ですが、僕だってやる時はやりますよ」

「なんかうまくいかないなあ」

悠太が事務所に入ると、挨拶の代わりに天井を見上げながら佳奈が言う。

「何が」と悠太。

「悠太さんは蘭さんが好きで、その蘭さんは男の人にまったく興味がない。それなのに、小林さんのことが気になっている私には全然チャンスがないなんて」

「馬鹿なこと言ってんじゃねえよ。何で俺がこいつのことを……」

「じゃあ私、小林さんと食事に行ってこようかしら」

蘭がわざとらしくスマホを見ながら言う。

「好きにしろよ。でも勘違いさせたら悪いだろうよ」

「そんなこと、ふたりでゆっくり話してみないと分からないじゃない」

「何だって?」

「冗談よ」

「いや、そんな風には見えない」

「ふふ、じゃあどんな風に見えるの?」

「勝手にしろ」

幼馴染みの男は、へそを曲げてしまった。

「悠太」

蘭は目の前の男の目をまっすぐに見つめる。唐突だが、意を決して何か大切なことを伝える時はいつもこうだ。悠太は黙って相手が話すのを待つ。

「同性パートナーシップ宣誓をすることにしたの」

「…………」

「潤子とふたり、話し合って決めたことよ」

「でもそれって、神戸市ではまだ認められてないだろ?」

悠太は以前、蘭の将来について自分にできることがないか考えて制度を調べたことがあった。

「ええ。でも世の中の流れを考えると、近いうちに認められると思う。兵庫県でも他の市は採用しているし。それに、もしそうならなかったとしても、潤子と私は一緒に暮らすことにした。まず最初にあなたに伝えておきたくて」

「そうか、分かった」

悠太はそう答えるのがやっとだった。心ここにあらずといった体で立ち上がると、そのままガレージに行き工具の整理をし始めた。昔から、いじけた時にはこうやって何かしらの道具をいつまでも手で触って心を落ち着かせようとする癖がある。

「蘭さん、今のはさすがに唐突過ぎませんか、悠太さんがかわいそうですよ」

一部始終を横で聞いていた佳奈が心配そうに言った。この優秀なスタッフも小林のことを気に入っているのは確かだが、本当は悠太のことが好きだったりするから始末が悪い。もちろんそのことについても、蘭は知っている。

「大丈夫よ、あの人は強いから。それに、いつ伝えるのが一番良いかっていうのは、私たちだけに分かることなの」

「そういうもんなんですか」

「ええ、だからあなたは……」

「あなたは？」

「自由に恋をしなさい。あの筋肉質な刑事さんでも、悠太でも好きな方を選べばいいの」

蘭は悪戯っぽく目くばせした。

「それはそうですよね。蘭さんがそんな風に考えていてくれて、安心しました」

もしかしたら自分は本当は男性に興味があったのかもしれない。事件以来蘭はそう考えることがあった。黒鳥を中心とした女たちの物語に触れたことが、少なからず影響していたのだろう。未亜とエリナという女はそれぞれに全身全霊を捧げて一人の男を愛していた。なぜ自分にそれができないのかという問いは自然なものであるはずだ。そのような想いを抱え、不安定な日々を過ごしたことがあった。だがやはり、潤子と語り愛し合うことは蘭にとって無上の歓びであり、それは同時に悠太を異性としては愛せないという現実を突きつけた。今更ながら蘭はそれを受け入れ、伝えることにした。悠太がすぐに機嫌を直し、また冗談を言ってくれることを願っている。そのことに思いを巡らせると、暖かいものに包まれた気がした。蘭はその感触を、潤子に出会う前から知っている。親に捨てられた自分を常に暖かく見守り、そばにいてくれた存在。いつも思い出されたのは、悠太の暖かさだった。

——私には、本当の家族がいる。

ガレージで工具を触っていると、気持ちが落ち着いてくるのが自分でも分かる。屋根のように開いたバンのバックドアの下で墨壺にインクを補充し、特殊カッターの刃を点検する。刃こぼれがあれば新しいものに交換した。建築現場というのはほとんどの行程が手作業で行われている。図面やメールの内容をその場で確認できるタブレットなどの普及で、設計者と現場監督の意思疎通は格段に図られるようになった。だが実際の作業は職人が経験とそれに裏打ちされた勘を総動員して行う。そして大工など職種を問わず、技術の高い職人ほど皆道具を大事にする。そんな彼らを監督する立場として、道具が足りないということのないよう注意し常に磨き上げておく習慣がついていた。少し冷静さを取り戻したところで、改めて蘭の言葉を思い返す。

先程よりも素直にこの状況を受け入れることができている。

——蘭だって苦しかったにちがいない。

ハンマーのグリップを拭きあげ、工具箱に戻す。悠太は事務所に戻った。

「今から現場だけど、一緒に来るか？　建具の仕上がりを見たいって言ってただろ」

「そう、私もこれから行くつもりだったの。せっかくだから乗せてもらおうかしら」

「俺の車に乗るのは久しぶりだな」

「乗り心地が硬すぎるからね」

「お前の車がふわふわし過ぎなんだよ」

「いつになったら、あなたにシトロエンの良さが分かるのかしらね」

「車は国産に限るって言うだろ」

「さあ、どうかしら」

＊

「かわいいな」

整備士の大浦が子犬を抱きあげた。大きな手でそっと撫でるのだが、ネイトの頭が覆い隠されてしまう。大男が目を細めて動物を可愛がる姿は見る者に優しい印象を与える。

「あの人が残してくれたの」

庭仕事の手を止めて、未亜は客を出迎えた。髪は黒髪に戻されている。ぴかぴかに磨き上げられた黒いGT-Rが気になって仕方がない様子だ。修理を終えてわざわざ整備士みずから積車を運転して届けてくれたのだ。

「さすがにあれだけの大立ち回りの後だから一年かかってしまったが、もうすっかり新車のようだ。アライメントもしっかり調整してある。大事に乗ってくれよな」

あちこちへこんで歪んだボディは、きれいに板金処理され、元の滑《なめ》らかさを取り戻している。

「そのつもりよ」

ドアを開けシートに身を滑《すべ》らせる。間違いない。これは黒鳥のGT‐Rだ。完璧に修理されている。彼自身が調合したなにやら妖しげな香水の匂いも微かに残っている。懐かしさに思わず笑みがこぼれた。キーを回すと6気筒エンジンの低く野太い音が響き渡る。未亜は黒鳥の一部を取り戻したことを悟った。

修理を相談した時、この車のエンジンは外れかけシャーシも曲がっていた。駆動軸は壊れていたし、フロントガラスは銃弾でひびが入っていた。絶望的な状況で廃車処分も覚悟していたが、それをこの整備士は「直せる」と言った。また「一年はかかる」とも。そして、彼は約束通り、この日に以前と全く同じコンディションに車を再生して届けてくれた。本当に腕の良い信頼のおけるプロだ。蘭がC6を任せているのも頷ける。自分もこれから先ずっとこの男を頼るだろう。

「ところで、いつも俺の作品を載せたがる雑誌が、このGT‐Rを掲載したいと言ってるんだが、良いか?」

「ええ、かまわないわ」

「助かるよ。こう見えて俺には、けっこうな数の熱狂的ファンがいるんだ」

「私もそのうちの一人にいれてもらうわ」

「いろいろ詳しく聞かれると思うが、まさか前オーナーが、ダムの放水路をこいつで駆け上がったなんてことは、絶対に言わないから安心してくれ」

そう言いながらも、大浦は残念そうな顔をしている。

——きれいに直って良かった。

そのことだけが嬉しい。黒鳥が何より気に入っていた車だ。もしかしたら私よりも、あるいはあのエリナよりも。そんなことが頭をよぎる。

無事、日本が誇る名車を新しい持ち主に引き渡した大浦は、すぐに帰ってしまった。次の客が待っているのだろう。人は皆、多少なりと作品を作って生きている。黒鳥が自然界に存在する限られた成分から、様々な症状を引き起こす毒薬を作っていたように。大浦や蘭もそうだ。黒鳥の場合はそれがいくつもの作風となって現れた。それは単に数の問題ではない。同じ芸術的な行為を生業としていても、一種類の作風しか持てない人間と、その生涯において——それがたとえどれだけ短くとも——独自に何種類ものスタイルを確立する真の芸術家が存在する。プリンスがそうであったように。黒鳥もおそらくこの唯一無二の天才の部類に属していた。

——だから好きだったのだ。

ガレージには、今や自分のものとなったGT-Rのアイドリング音だけが響いている。

ネイトが車に乗りたそうにじっと飼い主の顔を見つめていることに気づいた。開け放したままのドアから身を乗り出し、両手で子犬を抱え上げる。そのまま助手席に坐らせてみた。しばらくシートの隙間に鼻を突っ込んで匂いを嗅いでいたが、細かいひびのはいった革が気に入ったらしく、すぐに大人しくなった。このままネイトを連れてドライブに行こう。昔とった運転免許は一応マニュアル車が乗れることになっている。だがこれまで自分で所有した車はすべてオートマチックだったので、もう一度教習所に通って一から操作を教えてもらった。うまく乗りこなせるかどうか分からないが、時間はある。

エンジンはかけたままだったので、アイドリングは安定していた。左足を踏み込みクラッチを切る。それから恐る恐る左手でギアを一速に入れた。右足でアクセルを踏み、回転数を１５００ｒｐｍのあたりで維持する。丁寧にクラッチをつなぐと、そろそろと車は動きだした。意外と素直な印象だ。だが、数々の逸話を持つＲＢ２６ＤＥＴＴエンジンからは、既に太いトルクが湧き出ているのが伝わってくる。これまでは助手席でしか体感したことがなかったが、いざハンドルを握るとなんとも官能的な味わいだ。

――おもしろいかもしれない。

何とかいけそうな気がしてきた。天気も良く、フロントガラスは念入りに拭き上げられている。あまりに透明で、手を延ばせばそのまま通り抜けていきそうだ。ガレージを出て少し動かすと、コンクリートの床面から未舗装の地面に切り替わる。ざらざらとした砂の感触を四つのタイヤがしっかりと拾う。細かい振動に全身が浸り、神経の末端にまで心地良さが行き渡る。ギアを二速に入れると振動はさらに滑らかなものとなる。その包み込まれるような感覚を、女は知っていた。黒鳥が未亜を抱いている。黒く大きな翼をひろげ、覆いかぶさるようにして。

愛する男に身を委ねその息遣いまでも感じている。あの人はずっとここにいたのだ。安堵の気持ちとともに、このまま車を止めることなく、いつまでも抱かれていたいと欲する。深い緑のカーテンは陽光を遮り、ふたりを暗い室内に閉じ込めた。

*

四月にしては、肌寒い日だった。未亜は中庭の椅子に坐っている。季節外れの寒波が来ているとニュースは告げていた。こうして庭を見ていると黒鳥を思い出す。庭の隅に植わっている毒草もそのまま残してある。自然界にはそのようなものが存在するのだ。私たちのように異質なものが。それに、季節ごとに違った姿を見せる毒草を含めた草花は、元はと言えば彼にとって教師のようなものであり、友人に他ならない。処分する気にはならなかった。心なしかそれら毒草がある方が、他の草花も元気そうに見える。

つまるところ、自然に創造させ任せるほかはない。自然は仮借のないものだ。人間が意図して制御できるものではない。そして黒鳥にとって毒とは、人間もまた自然の一部に他ならないことを、この庭をとおして学ぶことだった。遺骨はこの中庭のコブシの下に埋めた。ここで自然に還るのが良いと考え、蘭にそうしてもらうよう頼んだのだ。そうすればまた一緒に庭で過ごすことができる。気に入っていた湖の景色も楽しめるだろう。
ネイトは、おそらく分かっている。ここに、私の大切な存在が眠っていることを。だから、私たちは三人だ。三人でこの中庭で過ごす。ガラス屋根を開け放した中庭で、冬になれば頬に雪を感じながら。もしかしたら、また四月に雪が降ることがあるかもしれない。
彼はこの場所で、周りの木々とともにどんな夢を見ているのだろうか。ひと夏が終わらぬうちに、死んでしまったすべてのものは腐敗して再び大地に還り、土を肥沃に黒々と豊かなものとするだろう。そして再び、陰気な塵芥と屍の中から、新たに若芽が伸びてくる。死んだものが力強く、新たな姿をまとって蘇る。その間、彼はどんな顔をしてどんなことを考えているのだろう。

冷たい霙《みぞれ》のような雨が頬に触れた。雪になれなかった雨、それは私だ。だから、私はまだ生きている。私が雪になる時、あなたのもとに辿り着く。ひとひらの雪、それは純粋な愛。すべての自我を脱ぎ捨て、無垢の調べとなり、小さな白い結晶体が地面に落ちる。その時、ようやく私たちは再びひとつになれる。それまで、どうか良い夢を見ていて欲しい。それが、いま私が彼に伝えたいことのすべてだ。

〈了〉

ひらが けいいちろう

1973年兵庫県芦屋市生まれ。
神戸市で一級建築士事務所を
経営する傍ら本作を執筆。

黒鳥《こくちょう》

2024年12月13日初版印刷
2024年12月20日初版発行

著者　平賀敬一郎
発行者　飯島徹
発行所　未知谷
東京都千代田区神田猿楽町 2 丁目 5-9　〒 101-0064
Tel. 03-5281-3751 / Fax. 03-5281-3752
［振替］　00130-4-653627

組版　柏木薫
印刷　モリモト印刷
製本　牧製本

装幀　谷野一矢

Publisher Michitani Co, Ltd., Tokyo
Printed in Japan
ISBN 978-4-89642-742-4　C0093